MARINA YUSZCZUK

Nació en Argentina en 1978. Es escritora y cofundadora de Rosa Iceberg, editorial enfocada en publicar trabajos de mujeres. Tiene un doctorado en literatura por la Universidad Nacional de la Plata y es crítica de cine. Es la autora de varias novelas y antologías. Con *La sed* obtuvo el Premio de Novela Sara Gallardo en 2021.

LA SED

LA SED

MARINA YUSZCZUK

VINTAGE ESPAÑOL

Penguin
Random House
Grupo Editorial

La sed
Primera edición: marzo de 2024

Esta edición es publicada bajo acuerdo con
Regal Hoffmann & Associates.

@2024, Marina Yuszczuk.
Antes publicado como *La sed* por Blatt & Ríos.

© 2024, Penguin Random House Grupo Editorial USA, LLC
8950 SW 74th Court, Suite 2010
Miami, FL 33156
Publicado por Vinatge Español,
una división de Penguin Random House Grupo Editorial
Todos los derechos reservados.

Diseño de cubierta: Kaitlin Kall
Fotografía de cubierta: detalle de una estatua de la tumba de Ottaviano-Fabrizio Mossotti,
cementerio de Pisa, por wjarek/Getty Images

Impreso en Colombia / *Printed in Colombia*

ISBN: 979-8-89098-051-9

22 23 24 25 26   10 9 8 7 6 5 4 3 2 1

A mi madre,
el fantasma que vive conmigo.

En cuanto a Burton, en la Inglaterra del siglo XVI, ve cómo la melancolía "se dilata como un gran río que brota del corazón de la propia vida y se extiende a todas las orillas".

En cada ocasión, el extraño goce recaía sobre sí misma; y la fuerza perdida, y el cansancio, no le dejaban más que la oscura certidumbre de que tendría que volver a empezar.

Valentine Penrose, *La condesa sangrienta*

Primera parte

Es un día blanco; la luz quema los ojos si se mira directo al cielo. El aire no se mueve. Contra las nubes encendidas, el ángel que pliega sus alas en lo alto de una de las bóvedas se ve completamente negro. Parece un depredador, un pájaro al acecho. Podría extender las alas y bajar en vuelo rasante si no fuera porque la piedra lo fija en su lugar. Hace muchos años la misma peste se hubiera representado así, como un ángel oscuro recortado contra un cielo de ceniza.

A nadie parece llamarle la atención. Como si las estatuas no fueran más que piedra, una multitud de turistas avanza con sus cámaras sobre el cementerio. Esto pasa todos los días y siempre es igual, aunque ellos no sean los mismos. No gritan, no se ríen, no hablan en voz alta. Respetan algo que no saben bien qué es, y buscan su camino entre las tumbas con un interés moderado. Se detienen en lo histórico: los presidentes, escritores, nombres importantes. Hacen de la lectura de las lápidas un juego de reconocimiento escolar. O si no, dejan que el atractivo de las formas los guíe en su paseo por el laberinto: alas extendidas como en un movimiento de ballet, manos que sostienen una cabeza delicadamente, venciendo la rigidez de la piedra.

A veces se pierden entre los corredores que agrupan las bóvedas en manzanas y replican la forma de una ciudad.

Aunque el cementerio es pequeño, es el conjunto de diagonales que se irradia desde un punto cercano a la entrada el que los lleva a rincones insospechados y los hace perder la orientación. Pero también es el hecho de caminar mirando hacia lo alto, bajo la sombra de estatuas como la Dolorosa, que se cubren el rostro para ocultar el sufrimiento y finalmente parecen ocultar algo mucho peor.

Este es el cementerio más antiguo de la ciudad, y el único que conserva para la muerte la elegancia de otra época. Un sueño de mármol hecho con dinero, el de las familias ricas. Solo los que podían comprar su derecho a la poesía de la muerte están acá. Para los otros, las fosas comunes o las piedras desnudas que sellaron definitivamente su insignificancia sobre la tierra. Esta tarde recorro los pasillos de baldosas grises y me pregunto dónde me sepultarán, si me pudriré lentamente bajo tierra o en uno de esos nichos apilados como en estanterías, uno de los más altos, donde un único clavel marchito da testimonio del olvido. Pero los visitantes parecen tranquilos, divertidos incluso, mientras disparan la cámara hacia una lápida de renombre, una bóveda más lujosa que las otras.

Es la ausencia de olor a podredumbre lo que los ayuda a abstraerse. Como son muchos los recaudos que se toman para que la putrefacción no chorree y se escape de los cajones en forma de líquido o de gases, este es el único cementerio de la ciudad que no tiene ese olor rancio, dulce, ofensivo, de la lenta descomposición de los cuerpos. Las flores nunca consiguen taparlo. Se te mete en la nariz, y sabés que no lo vas a olvidar nunca. Es más insidioso que los excrementos, que la basura, quizás porque podría, si no se conociera su procedencia cargada de espanto, ser un perfume. Es solo la carne la que conoce el horror; los huesos, cuando están limpios, bien podrían ser fósiles, pedazos de madera, objeto de curiosidad. Pero la carne es lo que me desvela en estos días.

Hace unas semanas que vengo compulsivamente al cementerio y esta vez trato de conjurar, de día y acompañada por mi hijo, un recuerdo que me perturba. Él corre varios metros adelante mío y no imagina lo que estoy pensando. Tiene cinco años. Al principio se enamoró del cementerio que parece un laberinto, de esta ciudad en miniatura, y en un momento me pidió por favor que no lo trajera más. Le dije que hoy sería la última vez, prometí comprarle un regalo si me acompañaba y accedió. Ahora juega a perseguir a un esqueleto que se llama Juan, le puso nombre. Busca, entre todas las bóvedas, la que tiene grabadas en el vidrio de la puerta un par de tibias y una calavera: cree que adentro hay enterrado un pirata.

Quiere jugar a las escondidas y grita de entusiasmo, pero le digo con firmeza que acá no se puede gritar, que no corra. Que puede chocarse con alguien, y que en los lugares donde hay personas enterradas hay que mostrar respeto. No sé cómo, pero lo entiende. A pesar de sus pocos años, es sensible a ese aire distinto que se impone acá, como en los museos y las iglesias. Cuando lo llevé al Museo de Bellas Artes o a la Catedral le enseñé, antes de cruzar la puerta y llevándome un dedo a los labios, que a algunos lugares se ingresa en silencio, pisando despacio.

Elegimos un camino diferente al de los grupos de turistas, que avanzan muy lento mientras escuchan las explicaciones de un guía. Pronto nos perdemos hacia el fondo del cementerio. Santi tiene un pantalón rojo, es lo más vivo en este lugar y corre entre mármoles y granito hasta que, de repente, para. Se queda duro frente a la estatua altísima de una mujer que apoya su espada en el suelo, dándose por vencida. Tiene que alzar mucho los ojos para mirarla. Enseguida se desprende de esa primera fascinación y sigue. Un poco más allá, en la entrada de una bóveda, agarra con las dos manos el llamador que sostiene en la boca un león de bronce, trata de tirar de la puerta para abrirla. Le digo que no se puede. Él acata, entiende que las reglas acá son distintas, aunque no sepa exactamente de qué lo protejo. Corre otra vez, se arrodilla junto a la abertura de vidrio en el costado de una de las bóvedas y señala con el dedo hacia el interior. Me acerco para mirar con él. Espía. Me pregunta si los cajones más chicos son ataúdes de bebés. Le digo que no siempre, que cuando las personas pasan mucho tiempo enterradas quedan solo los huesos y se pueden guardar en una caja más chica. No quiero decirle que a veces los cuerpos se meten en un horno para reducirlos a cenizas.

Más tarde encuentra por fin la bóveda de la calavera y las tibias, se sienta en el escalón de la entrada y me pide que le saque una foto. Por momentos me pregunto si está bien que esté arrojado a la muerte de esta manera, a sus cinco años. Si no debería ocultársela más. Pero no elegimos que la muerte viniera a nuestra casa, y sin embargo vino.

Seguimos caminando por el cementerio y trato de tener un ojo en él mientras me dejo capturar por cada cosa que me sale al encuentro. Me detengo en las bóvedas donde hay una rajadura, una grieta. Todo lo que miro está roto. Puertas de hierro de doble hoja a las que les faltan los vidrios, mal cerradas por una cadena improvisada. Bóvedas donde el piso cedió y es posible, desde el exterior, ver las filas de cajones depositados sobre los estantes que cubren la pared hasta el último subsuelo. Cajones con la tapa corrida o destrozada, como si un hacha, y no solo el tiempo, hubiera caído sobre ellos —y a veces, efectivamente, así fue—. Me imagino la presencia furtiva de los cuerpos vivos a la noche, entre susurros, cubiertos solo a medias por la oscuridad, mientras buscan algo que pueda venderse en esas tumbas abandonadas.

Yo también busco algo, y por momentos siento que traje a Santiago para asegurarme de no encontrarlo. Como si fuera un amuleto. Lo llamo para señalarle los cajones adentro de una bóveda que tiene los vidrios partidos. Hay yuyos que surgen de entre las baldosas, como si en el futuro la escala de grises del cementerio, la solidez de sus materiales, fueran a ser invadidas por una fuerza que viene de lo más profundo de la tierra. Adentro las paredes están marrones, la pintura rajada. Hay olor a humedad y una planta que trepa desde una grieta en la pared. A través de la tapa quebrada de un cajón se puede ver un hueso largo, quizás un húmero o una tibia, limpio de todo resto de carne, igual que esos huesos que dejan los perros después de masticarlos y lamerlos a más no poder, solo que sin el brillo. La superficie es de color marrón y en el extremo tiene un par de cavidades de otra textura, apenas rosadas. Me pongo didáctica y le señalo a Santi:

—¿Ves? Así quedan los huesos después de mucho tiempo.

—¿Lo puedo tocar? —pregunta.

—No porque no está limpio, puede haber gusanos.

Él hace que sí con la cabeza y se aleja. Por un segundo se me cierra la garganta. Quiero ponerle una imagen real a su fantasía con los esqueletos pero al mismo tiempo no sé lo que quiero, si estoy perdiendo el equilibrio. No me importaría si fuera por mí, pero los hijos merecen la normalidad, la necesitan.

Me levanto después de mirar esta bóveda en cuclillas, agarrada a las rejas, y sigo a Santiago. Le paso la mano por el pelo castaño, siempre despeinado. Me gusta en él todo lo que es de niño: el pelo revuelto cuando se despierta a la mañana, las pestañas espesas, los ojos enormes. Lo miro para absorberlo tal como es ahora, sabiendo que esto dura un segundo.

Nos paramos frente a un ángel que, de brazos cruzados, espera junto a la entrada de una bóveda. Tiene una túnica con pliegues y la nariz rota. Más tarde descansamos sentados junto a una joven que lleva rosas en las manos. El ramo se desarma para dejar caer algunas sobre el piso, hasta los escalones que conducen al monumento. Flores que nadie pudo recoger, ya petrificadas. Una posibilidad perdida. Me agarra una tristeza súbita por lo preciso de esa imagen, por la persistencia en creer que cualquier vida interrumpida antes de tiempo es una flor arrancada, una especie de error de la naturaleza. A otra estatua femenina que mira hacia un costado con pudor mientras inclina la cabeza, oscurecida por el verdín, le sacamos una foto. Lo mismo que a la chica, casi una niña, que sostiene un libro entre las manos, aunque una de ellas esté cortada a la altura de la muñeca.

Cuando llegamos al otro extremo del cementerio nos quedamos mucho tiempo frente a una de mis estatuas preferidas: una dama que, envuelta en un lienzo hasta la altura del pecho, se recuesta gentil sobre la tumba de Marco Avellaneda. Tiene los brazos extendidos como las bailarinas cuando se pliegan sobre sí mismas para imitar el movimiento de un cisne, las manos entrelazadas y entre los dedos, a medio caer, una rosa. Si se la mira de perfil, se puede ver que la tela apenas alcanza a cubrirla y que uno de sus pechos, grande y firme, asoma casi hasta el pezón.

Hay sexo en la piedra, y esa estatua es hipnótica como el sexo. Se entiende por qué alguien, un hombre muy rico, pagó para tener a una mujer semidesnuda reclinada sobre su tumba por los siglos de los siglos, distrayendo a los visitantes de toda corrupción. Me impresiona —porque no es tan lejano en el tiempo, pero pertenece a un mundo que no existe más— el erotismo furioso de las estatuas femeninas, la profusión de formas que intenta construir un edificio de símbolos sobre la destrucción. Acá en la superficie, bajo las alas de los ángeles protectores, la muerte es una cosa blanca, preservada del tiempo.

Caminamos un poco más. Nos detenemos frente a una hiedra de un verde brillante que baja en cascada por el costado de una bóveda, de una abundancia inexplicable. Una pareja de extranjeros me hace señas con las manos y me pregunta en inglés dónde está la tumba de Evita; les señalo la dirección. Llevan botellas de agua en la mano, me agradecen, siguen su camino. De pronto miro alrededor y no veo a Santiago. Es algo que hace todo el tiempo por más que lo rete con furia; se adelanta corriendo y desparece a la vuelta de una esquina. Camino rápido en la misma dirección en que veníamos, miro a un lado y al otro. No está. En todas partes veo personas que no son mi hijo. No sé si seguir adelante o doblar. Decido quedarme donde estoy para que él pueda encontrarme pero de pronto me doy cuenta de que puede haber ido hacia esa zona del cementerio que estoy tratando de evitar, y la desesperación me sube desde las rodillas.

Hay una bóveda en particular, que está en desuso. Nadie que yo haya conocido está sepultado ahí, pero ahora se me clava en la frente una duda: si la puerta que durante décadas permaneció bajo llave, y que hace poco se abrió por primera vez en mucho tiempo, estará cerrada o abierta.

Me doy cuenta por fin de la locura de haber venido esta vez con mi hijo. Decido que en cuanto aparezca nos vamos sin demora. Solo que no aparece. No sé cuántos minutos pasan, quizás solo uno. Empiezo a gritar su nombre. Enseguida aparece agitado desde el fondo del pasillo en el que estoy esperando, me mira con intensidad, trata de adivinar si estoy enojada. Tengo el cuerpo tenso, listo para retarlo, pero me desarma ese destello de comprensión. Me arrodillo y lo abrazo. Me dice que se asustó, le digo que yo también y que nos vamos ya mismo. Lo tomo de la mano y empezamos a buscar la salida.

Me sobresalta el tañido de las campanas, insistente, que señala la hora de cierre. No me di cuenta de que había pasado la tarde. El cielo sigue compacto y nublado pero no va a llover, es solo un manto cada vez más espeso que lo cubre todo. Vamos hacia el pórtico, pero no podemos atravesarlo porque un mar de gente se agolpa en los pasillos que conducen a la entrada. Allá arriba, en el friso, muy por encima de nuestras cabezas, se lee "Esperamos al Señor" en un idioma muerto. De repente me pone nerviosa estar entre la multitud, tengo ansiedad por irme. Santi me tironea para que avancemos. Todo pasa como en un parpadeo: entre las caras de los extraños aparece una que me llama la atención, porque me está mirando. En realidad no aparece: me doy cuenta de que ya estaba ahí, inmóvil en medio de la gente que la esquiva y trata de alcanzar la salida. Hay algo desafiante en la manera en que no desvía la mirada cuando fijo la mía en ella. Tiene el pelo largo y oscuro, desordenado como el de una ciruja, pero no es eso; hay algo en ella que no pertenece acá. No a este lugar sino, cómo decirlo... a la realidad. Siento el golpe del corazón contra las costillas cuando comprendo por qué me parece conocerla. La angustia me cava un hueco en el pecho. Sostengo fuerte la mano de Santiago y empiezo a empujar para que nos dejen salir. Es preciso que lo hagamos ya. Empujo entre los cuerpos con el hombro, con los codos, pongo a Santiago atrás mío para que no lo aplasten y lo arrastro conmigo. Varias personas me miran con odio, una me insulta. Cuando ya estamos por pasar bajo el pórtico me doy vuelta desesperada para ver si la mujer todavía sigue en su lugar y me encuentro con esos ojos salvajes, cargados de intención. Está absolutamente inmóvil, los últimos visitantes le pasan por al lado y siguen. Todos buscamos abandonar el cementerio, pero ella gira y empieza a caminar hacia las tumbas.

Capítulo 1

La tarde en que llegué a Buenos Aires, el barco se deslizó por una superficie interminable de agua marrón, a la que llamaron "río". Comprendí con estupor que era el final del viaje. Los marineros se gritaban a través de la cubierta, concentrados en el esfuerzo de no encallar. La luz era tan plena que todo parecía flotar en el aire. Solo a medida que nos acercamos a la costa pude ver con nitidez desoladora, entre los altos mástiles que interrumpían la visión, el perfil de la ciudad. Los edificios chatos, rectangulares, estaban expuestos al borde de ese río que parecía mar abierto. Más atrás se elevaban las cúpulas de iglesias y campanarios, pero lo que dominaba la escena era un edificio semicircular, de varios pisos, coronado por un faro, todavía no terminado. Era la Aduana, después lo supe, y le daba a la ciudad el aspecto de una construcción antigua, emplazada por error en el extremo más reciente del mundo.

Frente a Buenos Aires, una multitud de goletas y bergantines ocupaba desordenadamente el río. Algunos llevaban las velas desplegadas todavía, otros se mecían aletargados. En vano la vista buscaba el puerto. La ciudad se extendía hacia ambos lados pero en algún momento la costa era conquistada por el barro y tuve la impresión, además del evidente desplazamiento en el espacio que se había prolongado por varias semanas, de haber viajado en el tiempo. Al pasado, quizás, pero también a algo demasiado nuevo. ¿Qué era eso? Supe también que al otro lado la ciudad se deshacía en tierra, mataderos, lodazales y cementerios, y luego estaba la planicie interminable en la que descansaban huesos de otras eras.

Hubo tiempo de contemplarlo todo mientras esperábamos el turno para el desembarco, a medida que la luz de la tarde menguaba. A lo lejos, donde la costa era de barro y piedras, un grupo de mujeres se afanaba en una tarea que al principio no comprendí. Las veía moverse con cierta lentitud, veía cómo algunas se sostenían con una mano el ruedo del vestido y en la otra cargaban algo que debía pesarles, porque sus figuras tambaleantes hacían equilibrio para caminar entre las piedras. El agitarse de lienzos blancos me dio la clave: se trataba de ropa que habían lavado en el río y luego puesto a secar al sol. Cuando el barco se acercó más a la costa, deslizándose moroso sobre el río, pude ver que llevaban delantales y cofias de colores claros que resaltaban, sobre todo, en los rostros de las negras, una raza que en ese momento mis ojos contemplaron por primera vez.

Al cabo de un rato la luna tomó posesión del cielo, una luna del color de un fuego pálido, suavizado por las nubes. En las embarcaciones, y en las carretas que esperaban en la costa, empezaron a encenderse lámparas y faroles.

Al parecer los barcos no podían acercarse a la tierra, ni disponía la ciudad de un muelle que facilitara la descarga de humanos y equipajes. Habituada a las ciudades europeas, apenas podía recordar la última vez que había visto un espectáculo tan primitivo. Los marineros se dedicaron a acarrear baúles y cajas desde la bodega a la cubierta; los escasos viajeros, a punto de convertirse en inmigrantes, conversaban en polaco o en alemán. De las extrañas marcas que llevaban en el cuello, cubiertas por sus pañuelos y los bordes de sus camisas, estaba segura, ninguno diría una palabra. No quedaban muchos: la mayoría había desembarcado varias semanas atrás, en otros puertos igualmente desconocidos, al cabo de un viaje en el que dos temporales y un mástil roto habían sido los eventos más destacados.

Por mi parte vi todo desde la ventana de un camarote vacío, sustrayéndome a las miradas. Afuera, tanto las personas como las cajas repletas de mercancías eran descargadas en botes que las llevaban remando casi hasta la costa. Allí unos carros de altísimas ruedas, que parecían a punto de zozobrar, se esforzaban por rodar en la poca profundidad de esa parte del río para arrastrar sobre ellos a un puñado de pasajeros que trataba de proteger su equipaje, y las ropas, de la salpicadura del líquido marrón. En tierra firme los esperaban carretas tiradas por caballos para completar el trayecto.

El bullicio de la llegada me permitió salir por última vez del rincón oscuro que había ocupado en la bodega. Solo lo había abandonado en algunas oportunidades para alimentarme. No fue difícil, ni cazar ni seducir a las presas, pero sí lo fue espaciar los ataques lo suficiente como para que no llegara a la consciencia de todos, pasajeros y tripulación, el hecho de que alguien se los estaba comiendo.

Ahora tenía que ser cuidadosa y no dejarme ver. No era prudente aparecer por primera vez al final del viaje, una pasajera nueva a la que nadie había notado en semanas. Después de contemplar la ciudad durante unos minutos decidí volver a la bodega y elegí el baúl más voluminoso para esconderme, no sin antes romper el candado que lo aseguraba y vaciar parte del contenido en otro baúl también enorme. Solo quedaba hacer silencio, y esperar. No sabía lo que me deparaba este país desconocido y aunque estaba segura de que por lo menos tenía garantizada la supervivencia, traté de darme valor con el recuerdo del peligro que había dejado atrás, y al que creí poner punto final cuando el barco zarpó desde el puerto de Bremen.

El pasado se me aparecía como un dibujo iluminado por las llamas. No quería verlo: la persecución, la sed. Los gritos. La consciencia aguda de que algo se había terminado, de que era preciso que me fuera. Durante siglos me había alimentado sin problemas, primero en el aislamiento del castillo, luego en los bosques. Tenía pocos años de edad cuando mi madre, desesperada de hambre y a cambio de unas monedas, me había arrastrado hasta la enorme puerta de roble que se abrió ante nosotras con un crujido infernal. Todos en el pueblo sabían lo que pasaba allá arriba, nadie se atrevía a combatirlo. Los hijos desaparecían de sus cunas, se internaban en el bosque para no volver jamás. Los cuerpos nunca se encontraban. Tuve que atravesar yo sola, temblando, la puerta demasiado alta que llevaba a la casa del Señor. Mi madre me dijo que entrara, y me hizo jurar que no me daría vuelta para mirarla. No lo hice.

Caí en un mundo oscuro, como si me hubiese tragado el infierno. Había muchos como yo: niñas y niños presos en habitaciones heladas, impregnados de su propia suciedad, a los que se arrojaba un pedazo de comida de vez en cuando para mantenerlos vivos. Ese borde siniestro entre la vida y la muerte era el dominio sobre el cual gobernaba aquel que sería mi Hacedor. Así y todo, algunos morían de debilidad. Estábamos a disposición del Amo para satisfacer cada uno de sus impulsos, todos asesinos. A algunos los descartaba después de extraerles hasta la última gota de sangre, a otros nos hacía durar. Yo tuve suerte. Crecí enloquecida de miedo y furia contenida, con el único consuelo de otras niñas con las que me acurrucaba durante las noches para darnos calor. Dormía con los dedos enredados en el pelo de mis compañeras, y me sobresaltaba el más mínimo ruido. Al resto de humanidad que nos quedaba lo tuvimos aferrado como algo precioso durante todos esos años, hasta que nos fue robado. Cuando nuestros cuerpos fueron de mujer, una por una, el Amo nos convirtió. Debíamos estar agradecidas, porque su servicio nos elevaba, y ser sus amantes era un lujo.

Durante años estuve rabiosa de venganza. Aullaba por las noches y miraba, desde lo alto del castillo, la villa de unas pocas casas en las que brillaba la luz del fuego y donde, quizás, todavía vivía esa mujer que había llamado "madre".

Fue la sangre lo que me salvó. La sangre, que me enloqueció desde el primer contacto y me convirtió, poco a poco, en una bestia. El pasado retrocedió; hasta olvidé mi nombre, y a su debido tiempo recibí uno nuevo en un lenguaje maldito. Lo único verdadero era esa necesidad de saciarme, una y otra vez, y la generosidad con que mi Hacedor me ofrecía sus propias víctimas. Desnuda, con el cuerpo cubierto de sangre seca, me arrastraba entre sombras y mis hermanas conmigo, esperando esas noches en las que el Hacedor nos invitaba a sus orgías de sangre y cópulas furiosas. Podíamos comer, siempre que fuéramos suyas. Yo existía para ese instante en que clavaba los dientes en un cuello palpitante y el líquido rojo me llenaba la boca.

Pero los siglos pasaron y los humanos, allá abajo, ya no tuvieron miedo. Cuando se llevaron a mi Hacedor, la cabeza separada del cuerpo por el filo de la espada, hubo que esconderse. Venían por nosotras, y el instinto nos llevó hasta lo más profundo del bosque. Aullábamos como lobas. No habíamos aprendido a cazar, porque la comida se nos daba servida. Mujeres, niños, a veces hombres, que llegaban desprevenidos, y no teníamos más que esperar una señal del Amo que nos autorizaba a rodear, a morder. Todo lo que quisiéramos, hasta caer rendidas. Había cierta lujuria en la abundancia, después lo entendimos. Fue cuando, famélicas en el bosque, tuvimos que aprender los movimientos de la caza por primera vez, como si los inventáramos. La espera, el silencio extremo, el sigilo. La velocidad de ataque y el zarpazo. El segundo preciso de hincar los colmillos, mientras duraba la sorpresa, a veces bajo el influjo de unos ojos demasiado abiertos.

Eran matanzas caóticas. Los restos quedaban esparcidos en el suelo. Si de vez en cuando los encontraba algún campesino que, como nosotras, se adentraba en el bosque para cazar, creía estar ante las sobras del festín de los lobos. Pero aun en la bruma de nuestras mentes llevábamos intacta la visión de la matanza que habíamos presenciado, el choque de las espadas, las estacas atravesando los pechos desnudos, el río de sangre que había estado a punto de arrastrarnos. Ya no podíamos seguir alimentándonos según las leyes y costumbres que nuestro Hacedor había conservado por siglos, en su largo dominio de silencio y terror desde lo alto del castillo; si queríamos sobrevivir, teníamos que mezclarnos entre los humanos.

Con el tiempo perfeccionamos el mecanismo, agregamos la seducción a la violencia. Dejamos de parecer animales. Mis hermanas y yo nos trenzábamos el pelo unas a otras, adquirimos los modales de la nobleza, aprendimos a vestirnos. En cada sitio al que íbamos aprendíamos el idioma de los hombres, lo comprendíamos al instante. Recorríamos pueblos y aldeas y en cada uno permanecíamos el tiempo justo como para no levantar sospechas. Nos calmábamos la sed, y las madres desesperadas no podían más que llorar frente a la dolencia misteriosa que se llevaba a los hijos. Comíamos y los médicos no tenían nombre para esa agonía que pronto terminaba en un cajón improvisado, camino al cementerio. Después se oían los ruidos más extraños procedentes de las tumbas, y nacían las historias.

Fuimos la plaga, durante demasiado tiempo. Nos llamaron con muchos nombres. Intentaban protegerse con amuletos y crucifijos, con ristras de ajo colgadas en el marco de las puertas, y nosotras las atravesábamos riendo. Con el tiempo supimos que era posible consumir a la víctima de a poco, debilitar sin dar la muerte, extraer la medida justa y esperar a que la sangre se renovara. Pero todo empezó a cambiar, y mientras tratábamos de entenderlo perdí a mis hermanas. Lo que pasó… no podíamos imaginarlo. Las leyendas se convirtieron en noticias. Empezaron a creer en nosotras.

Estábamos escondidas en el bosque, adonde volvíamos de vez en cuando para rememorar, desnudas, lo salvaje que había en nosotras. Las ramas de los árboles se extendían como esqueletos suplicantes, huesos ennegrecidos; el suelo estaba cubierto de nieve. No había el más mínimo rastro de luna en el cielo y en la oscuridad aparecieron los fuegos. Los vimos cuando ya era tarde. Tratamos de escapar, pero estábamos rodeadas. Nos iluminaron con antorchas y, antes de que pudiéramos atacar, nos tomaron del pelo y nos llevaron a la rastra frente a un hombre de la iglesia, un sacerdote, cuya misión —no lo pude comprender— era salvarnos o arrojarnos al infierno. Estaba vestido de negro, con un tocado del mismo color y una cruz dorada colgando en el pecho. Los ojos eran negros como dos carbones sobre una larga barba blanca y, cuando levantó los brazos, pareció un ave de carroña a punto de arrojarse sobre nosotras. Era el que comandaba la cacería y estaba enardecido, en los ojos le brillaba el deseo de destruir. A mis hermanas las tendieron en el piso mientras los más fuertes de esos hombres les aferraban los brazos y las piernas para inmovilizarlas. Mientras ellas se retorcían y los hombres apenas alcanzaban a dominarlas vi cómo el sacerdote, después de dibujarse sobre el cuerpo la señal de la cruz, les hundía una estaca en el pecho y descargaba el hacha sobre sus cuellos. Miré por última vez los rostros de mis hermanas, los cabellos que ahora estaban mojados de barro y nieve, el espanto cincelado en los ojos abiertos. Mientras los cuerpos decapitados teñían el suelo de rojo, sospeché que el fin estaba cerca. No lo lamenté. Quería morir con ellas, que eran mi única familia. Pero en cambio me ataron y me llevaron al pueblo.

Pobres de ellos, querían examinar a uno de mi especie. Todavía era de noche cuando llegamos a la casa del médico. Me metieron a la fuerza en un cuarto iluminado con velas y me ataron a la cama. Mientras los brutos que me habían traído abandonaban la habitación, tuve tiempo para mirarlo todo. El crucifijo en la pared, la mesa donde un cuaderno abierto esperaba anotaciones sobre mí, la Biblia. La puerta se abrió de un golpe y apareció la figura negra del sacerdote que había matado a mis hermanas. Me miró con soberbia y se acercó a la cama. Me informó que la Santa Iglesia había exterminado a miles como yo, criaturas de Satanás, y que era el turno de salvar mi alma. Le grité que era la misma Iglesia la que había protegido a mi Hacedor durante décadas, a lo largo de cientos de crímenes. No había salvación ni piedad para los cuerpos de los niños que se arrojaban a un despeñadero a los pies del castillo y atraían a las aves de carroña. Lo recordaba todo: el sacerdote que visitaba las humildes cabañas y sugería a las madres, atormentadas por no poder alimentar a sus hijos, la manera de beneficiarlos a ellos y al resto de la familia. Los ruegos en voz alta para que las mujeres tuvieran fortaleza y resignación, si acaso se enteraban del destino de los niños.

Ante esto el sacerdote levantó los brazos, las mangas de la túnica negra se convirtieron en alas de murciélago, y empezó a rezar en una voz alta y vibrante que llenó toda la habitación, lo suficiente como para que mis palabras dejaran de escucharse. Estaba tratando de probar si sus poderes y su autoridad funcionaban sobre mí. Quizás pensaba que su dios existía. Me reí en voz alta, me puse de pie y le acerqué mi cuerpo desnudo. Siguió diciendo su oración mientras abría más los ojos y se agitaba visiblemente hasta que se percató de lo inútil de sus esfuerzos, me puso las manos alrededor del cuello y comenzó a estrangularme. Era fuerte y estaba lleno de odio, pero yo también. Lo miré con rabia al mismo tiempo que trataba de liberar el cuello y con la uña del pulgar, que llevaba afilada como una garra, le crucé la cara con un largo corte.

Cuando se llevó las manos al rostro logré soltarme y abandoné la casa del médico. Fui al bosque. Lo más rápido que pude, quise volver a ese lugar en el que habían destrozado los cuerpos de mis hermanas. Quería verlas. Me guio el humo de una hoguera reciente. Allí estaban, en el mismo claro donde la noche anterior se habían desangrado sin remedio mientras mis manos estaban atadas, los cuerpos chamuscados, a medio quemar. Las cabezas, extrañamente intactas, miraban algo más allá de las copas negras de los árboles. Quizás las hubieran dejado como un mensaje para todos los de nuestra especie. Las tomé entre mis manos y les quité como pude los restos de barro. Si esto era todo lo que me quedaba, entonces lo llevaría conmigo. Las bocas seguían abiertas y no era difícil imaginar que de ellas estaba por salir un grito, pero no: el silencio era absoluto.

Por años las llevaría conmigo sintiendo que todo lo que ocurría no era más que una pausa entre su gesto de abrir la boca y ese grito, que no llegaba nunca. El mundo se había quedado en silencio para mí.

Y no sabía adónde ir. Alimentarme cerca de los pueblos o ciudades era demasiado peligroso, y en la soledad del campo o la montaña tampoco había suficientes oportunidades para hacerlo. Volver a adentrarme en la espesura no parecía la solución. Decidí avanzar en sentido contrario, moviéndome solo de noche y ocultándome de día. Si era necesario, dejaría de comer. Estaba débil, pero tenía mis recursos.

Así conocí las ciudades por primera vez, y supe que no había mejor lugar para esconderse. A nadie le llamaba la atención una vagabunda. Por la noche, en las calles de piedra, yo era una más entre las almas perdidas que buscaban refugio. Hasta de día me atreví a mostrarme algunas veces, cubierta con velos oscuros que sostenía con una mano, como enlutada, y algún pasante casual en medio de la multitud se quedaba prendado de mí como si ocultara secretos dulcísimos en lugar de terribles.

Pronto comprendí que era más fácil viajar como una dama de la alta sociedad, y conseguí quienes quisieran llevarme a cambio de la mejor compañía, la de la extranjera misteriosa que conocía todas las lenguas. En Varsovia aprendí a tocar el piano, en Viena frecuenté por primera vez museos y bibliotecas. Aunque mi mente no dejaba de volver a ese período en el que mis hermanas y yo habíamos vagado juntas como animales, sin pensar en otra cosa más que en alimentarnos, comprendí los esfuerzos de los hombres para ser algo más que esa carne sufriente que temblaba bajo mi boca. Ese conocimiento me volvió doblemente monstruosa: podía cazar como un lobo, pero ahora sabía que esa necesidad de alimentarme no cesaría jamás, no dejaría de repetirse a sí misma ni tendría otro propósito más que el que yo, sin creer en él, fuera capaz de asignarle. Cuando todo está quieto alrededor, todavía puedo sentir esa certeza atravesándome el pecho, como garras.

Me hice llamar condesa, baronesa, señora, mientras atravesaba Europa con dos cabezas escondidas en una valija. En todas partes maté, porque no quería alimentarme y dejar que mis presas siguieran vivas con mis marcas al cuello, y deshacerme de los cuerpos se tornaba cada vez más difícil. Me cambiaba de nombre en cada nuevo destino, y ni siquiera a los que fueron amables conmigo les perdoné el defecto de tener sangre viva corriendo por las venas. Me hacía llevar en trenes o carruajes, alojar en los hoteles más lujosos, y luego dejaba esparcidos a mis amantes por suburbios o callejones perdidos, como cáscaras vacías. Desde Bratislava hasta Praga me moví tan rápido como si me persiguieran; después pasé por Dresde y remonté el curso del Elba hasta Hamburgo, donde conseguí una amante que me llevó hasta Bremen.

Entonces me asusté. La noche en que entré desnuda a su habitación en el hotel donde nos alojábamos, cometí la locura de dejarme llevar y la consumí entera sobre la cama, sin tomar ninguna clase de recaudo. Quizás porque era hermosa, quizás porque me sentí embelesada por su cuerpo pálido que era parecido al mío. Después me puse su ropa y salí. Ella era una mujer poderosa y la policía no tardó en esparcirse por la ciudad para buscar al asesino que la había dejado tendida en la cama, con extrañas marcas en el cuello. También encontraron, entre nuestro equipaje, las cabezas de mis hermanas, y se las llevaron como evidencia. Para recuperarlas tuve que dejar un reguero de sangre; arruiné en una noche el sigilo de años. Irrumpí en la estación de policía como una fiera y destrocé todo lo que se interpuso en mi camino hasta apoderarme de esos restos que me pertenecían: jamás permitiría que los conservaran como trofeos. Después de eso, ya no hubo vuelta atrás. Me costó sortear la vigilancia y, desorientada, llegué hasta el puerto. La visión de los barcos me hizo entender que la única manera de estar a salvo era alejarme hasta el otro lado de la tierra, donde no pudiera ponerme en peligro ese rastro de crímenes que había dejado a través de medio continente. Por otra parte no había vuelto a cruzarme con uno de mi especie, lo que me hacía pensar que la cacería había alcanzado a muchos aunque, recluida durante siglos, nunca había tenido una idea cabal de cuántos de nosotros había. Solo porque éramos una leyenda que los relatos ubicaban en un pasado lejano, superado por el mundo moderno, imaginaba que no quedábamos muchos, y que los pocos que sobrevivían lo harían aislados, como yo. Al parecer, Europa se había liberado de la plaga. Eran las revoluciones y las guerras entre imperios lo que ahora ocupaba la atención.

Esa noche definitiva, frente al agua que duplicaba sobre su superficie el perfil de los barcos, sentí una extraña calma. Me detuve ante una embarcación cualquiera en la que estaban terminando de cargar equipaje. Era una goleta que esperaba, con las velas arriadas, el momento de hacerse a la mar. Pregunté cuál era su destino y un marinero me dijo palabras que nunca había escuchado: Nueva York, Brasil, Argentina. Puerto de Buenos Aires. Era un buen presagio; hasta esos nombres parecían provenir de un idioma desconocido. Le pedí que me mostrara el interior de la nave y se rio, mientras juraba con voz ronca que era imposible. Pero cuando me descubrí la cabeza, que llevaba oculta bajo la capa, me tomó la mano y, después de quedarse paralizado durante unos segundos, me hizo cruzar con él el puente que me separaba para siempre de ese continente en el que había pasado siglos.

Lo último que hice, a medida que el barco se alejaba del puerto, fue arrojar al agua las cabezas de mis hermanas. Comprendía que lo que para mí era un tesoro bien podía tomarse por un elemento acusatorio, y no era algo que debiera llevar conmigo a un mundo nuevo.

Las contemplé por última vez, mientras se hundían en el agua negra, y entonces ya no tuve nada.

Sumida en esta clase de pensamientos, esperaba que descargaran el baúl en el que estaba escondida. Si aprendía a moverme sin dejar huellas en esta tierra nueva, a ser imperceptible, y sobre todo a mantenerme en el reino de la ilusión, que era mi refugio, tendría una oportunidad, aunque más no fuera de sobrevivir.

En un impulso, me cubrí con algo de ropa que quedaba en el fondo. Pasó mucho tiempo hasta que se escucharon

voces en la bodega y levantaron el baúl con cierta brusquedad. Sentí cómo lo descargaban sobre un bote, el movimiento ondulante y el ruido de los remos al golpear el agua.
Después de un tiempo que me pareció largo comprendí
que traspasaban el baúl a otra clase de transporte, seguramente uno de esos carros que había visto desde el barco a
juzgar por el violento balanceo y el ruido, una vez más, del
agua. Supe que había llegado cuando, con otro movimiento
brusco, me depositaron sobre suelo firme. Al cabo de un
rato me volvieron a levantar, y me llevaron a lo que parecía
una suerte de depósito.

En esta ciudad nueva tendría que ser más cuidadosa que
nunca. Alimentarme con mucha frecuencia y dejar un reguero de víctimas a mi paso era lo peor que podía hacer y
una amenaza para mí, porque en ese caso se volvería imposible que no me descubrieran. Quizás el tiempo de mi
especie sobre la faz de la tierra estaba llegando a su fin, pero
a mí me bastaba con poder saciar de vez en cuando esta sed
que lastimaba.

Cuando se acallaron los sonidos a mi alrededor, amparada por la noche, salí de mi escondite.

Capítulo 2

Nadie sabe lo que es ser como yo. Nadie se lo imagina. Los humanos han inventado una multitud de historias en las que los de mi clase no tenemos vida propia, si se me permite la licencia poética: solo existimos para estar en sus pesadillas. Dudo de que puedan entender esta sed, que es imposible de saciar. Y mucho menos esta voluntad insólita, pertinaz, de no entregarnos a la muerte final, que solo puede explicarse por el hecho de que somos bestias.

Mis primeros años aquí fueron odiosos. No tenía adónde ir y vagaba por la ciudad, de noche, buscando lugares para esconderme, aunque tenía que cambiarlos cada varios días. Buenos Aires era estrecha y todo en ella estaba a medio hacer. Las casas más antiguas eran bajas, de paredes anchísimas. Parecían agujeros húmedos con las paredes pintadas a la cal, oscuras tras altísimas rejas. En otras partes de la ciudad se construían edificios para dar alojamiento a los recién llegados, se cubrían las plazas de baldosas, se terminaba la fachada de la Catedral. En Buenos Aires había personas como nunca había visto. Negros que transitaban las calles, y en el transcurso de los meses supe que los habían traído como esclavos de un continente lejano, aunque luego habían sido liberados. Otros a caballo que vestían una prenda llamada poncho, solo un trozo de lienzo con una abertura por donde pasar la cabeza. Venían de las afueras de la ciudad, del lugar al que llamaban desierto. Ellos, como yo, aprendían el español y lo miraban todo con desconfianza. También había europeos que parecían atónitos, fuera de lugar. Disimulada entre la gente y vestida con la sencilla moda que llamaban "criolla", a nadie le resultaba extraña la presencia de una extranjera más. Yo me movía por las calles entre soldados, estudiantes, sirvientas y vendedores, y de las conversaciones que oía al pasar, o preguntando yo misma, trataba de comprender las reglas de este mundo novedoso.

Me acuerdo del cielo, que por entonces se podía ver, antes de que la ciudad se convirtiera en una contrincante demasiado luminosa. Estrellas diferentes a las que conocía, y en el medio de todas, La Vía Láctea, que mis ojos no vieron nunca más. Es imposible recordar la presencia del cielo cuando el cielo no está. Y con la conquista de la oscuridad llegó, también, el fin de las pesadillas. Cuando las noches eran negras como el ala de un cuervo los terrores reptaban desde el suelo, se enredaban en los pies. En la ciudad iluminada débilmente por faroles de gas, yo me fundía con la noche.

Me gustaba recorrer la zona del puerto, llegar hasta el borde del río para imaginar el viejo castillo en el que habían transcurrido mis primeros siglos y saber que un océano nos separaba. El murmullo del agua volcada sobre sí misma, o entre las piedras de la costa, era calmo. Nunca había vivido tan al borde de la tierra. A veces me preguntaba si en alguno de esos barcos que mecían sus velas en la paz de la noche no habría llegado alguno como yo. O contemplaba los desembarcos y trataba de adivinar qué traían esos baúles que se descargaban en los botes: ¿libros? ¿Terrores?

En aquel tiempo, el barro se adueñaba de todo. Buenos Aires tenía unas pocas calles empedradas, pero el resto era tierra, y en las noches de lluvia se me hundían los pies. Me acostumbré a estar siempre cubierta de barro, o del polvo que levantaban los carros con sus ruedas, los caballos. Lo sentía en el pelo, sobre la cara. Se metía en los ojos. Cubierta por una capa raída, deambulaba bajo los faroles de gas, que parecían nuevos. Por las noches la ciudad era silenciosa, aunque no faltaban los gritos, la música de un baile o el traqueteo de algún carro que cruzaba las calles desparejas con sus ruedas enormes. De vez en cuando llamaba la atención la presencia de una mujer sola en las calles, a la noche, cuando todas las damas decentes estaban recluidas hacía varias horas en sus casas. Pero yo me encargaba de que el impertinente que se acercaba para dirigirme la palabra no volviera a preguntar nada más en su vida.

Lo primero que comprendí al llegar fue que la ciudad era poco más que un pueblo, a pesar de sus pretensiones, y eso me convenía. A veces atacaba y consumía a mi presa hasta que se desangraba sobre el suelo: otras era más medida y la dejaba vivir. Me alimentaba con indiferencia; necesitaba sangre y la obtenía. Eso era todo. No era difícil cazar y luego disponer los restos de la víctima de tal modo que pareciera haber tomado parte en una pelea callejera, un ajuste de cuentas. Los hombres morían todos los días en esa ciudad aún salvaje, y a nadie le importaba mucho. Algunos eran inmigrantes que habían llegado solos; otros, negros y mulatos, descendientes de esclavos, indios, cuyas vidas valían menos que la ropa que llevaban puesta. Las familias de bien pretendían gobernar el país, asistían al teatro o a tertulias donde alguna dama los deleitaba con el sonido del piano, que llegaba hasta mí a través de las ventanas iluminadas. Los que estábamos en la calle nos jugábamos la vida.

Mientras tanto terminaba de adquirir los sonidos de esa lengua que me parecía algo vulgar, como demasiado blanda. Pronto pude hablarla con fluidez y dejar de sonar como una extranjera. Ni siquiera traté de hacerme pasar por una dama de sociedad, como había hecho antes. Este lugar era estrecho y no podía correr el riesgo de que la población más notable de Buenos Aires, que era un círculo reducido, se preguntase por mí. Me dediqué a cazar entre lo más bajo del pueblo, aguateros, matarifes y lavanderas, mendigos incluso. Me abstuve de bautizar a otros con mi sangre y hacerlos como yo para no contar con una horda de criaturas iguales a mí que, tarde o temprano, terminaría por ser descubierta.

Tenía que moverme con astucia, administrar las mordeduras, pensar con frialdad. Así tuve que hacerlo desde entonces cada vez que me alimentaba. Me ponía furiosa, eso y tener que deshacerme con cuidado de los cuerpos, como si fuera una asesina. Pero pronto, a pesar de que era más trabajoso, se volvió rutinario. Anhelaba un lugar en el que pudiera simplemente cazar y comer sin tener que esconder los restos, borrar las huellas. Pero sabía que semejante lugar no existía en este mundo.

De día me ocultaba en alguna casa abandonada, pero eran un bien escaso en la ciudad. A veces elegía una habitación de hotel desocupada, el subsuelo del teatro, incluso habitaciones de servicio al fondo de las casas. Llegué a resguardarme en corrales, sumergida en ese olor inmundo. De noche volvía, una y otra vez, a la vera del río.

Allí encontré cierta noche a una muchacha que, igual que yo, estaba cometiendo la transgresión de vagar en esa hora vedada a la población femenina. Me vio de pie sobre un promontorio de rocas que de día ocupaban las lavanderas, y me habló. Era una noche clarísima y las dos, imaginé, estábamos ahí para admirar el espectáculo de la luna llena, cuyo reflejo ondulaba en el río. Ella parecía inocente como un pájaro, y se expresó con una sencillez con la que nunca nadie se había dirigido a mí.

—Oiga, señorita, el suelo es un poco resbaloso, le conviene tener cuidado. Las lavanderas están acostumbradas, pero usted no parece serlo...

Su voz era plateada, como la luna cuando tocaba el río. Le dije que tendría cuidado y pregunté si era lavandera. Con una pizca de soberbia me respondió que sí, pero que había nacido, eso dijo, en cuna de oro. Solo al llegar a la adultez se había visto obligada a ganarse la vida. Prosiguió, contándome que estaba destinada a una vida de holgura, y que su padre se dedicaba a la política.

—Era gobernador, el hombre más poderoso de estas tierras —agregó, como si hablara para sí misma—. Pero se ha ido.

Me di vuelta para mirarla a los ojos. Era hermosa, de grandes ojos negros y la piel muy blanca a pesar de que, como lavandera, seguramente pasaría horas al sol. Tenía el pelo trenzado y recogido sobre la cabeza. No me podía explicar qué estaba haciendo esa muchacha en un lugar tan solitario.

—No me cree, ya veo —me dijo con un reproche que escondía una risa—. ¡No la culpo! Si parezco una pordiosera. Ojalá pudiera verme en mis ropas de antaño, allá en la quinta donde pasé mi infancia. Me llamo Justina, ¿y usted?

Preferí perder la vista en el río en lugar de responder.

—¡Ah, secretea! Está disculpada. Quizás sea una locura hablar con una desconocida a estas horas de la noche pero, sabe... un poco de locura tengo en mí, desde que mi vida se derrumbó. No tiene que extrañarle.

—¿Quién no tiene su cuota de secretos? —le pregunté, y estiré mi mano para rozar la suya.

La sentí estremecerse al lado mío, como si la hubiera atravesado una ráfaga helada, y supe que la estaba asustando. Decidí tranquilizarla para que se quedara conmigo. Inventé una historia, dije que yo también había perdido la posición en que había sido criada y ella supuso que debía tener un pasado triste, que una mujer elegante y con acento extranjero no terminaba vagando por las noches en esta ciudad a menos que le hubiera ocurrido una desgracia. Como toda respuesta incliné la cabeza, simulando pesar. Lo insólito era que Justina no estaba tan lejos de la verdad, aunque yo nunca me hubiera pensado como una víctima de la suerte mientras me esforzaba por adaptarme a este nuevo lugar, a las condiciones en que llevaba a cabo la caza.

Justina continuó la conversación de la que yo, en mi mente, me había alejado.

—Va a pensar que soy una atrevida, pero ¿me permite que le muestre un lugar especial? El más espléndido de Buenos Aires, por si no lo ha visto. Eso sí, será necesario caminar unas cuantas leguas. Quizás tengamos suerte y hasta pueda encontrarle algo mejor para vestirse.

Esa noche la hubiera seguido a cualquier parte. Había algo en su atrevimiento, en la naturalidad con que paseaba por la ciudad como si fuera la Plaza Victoria a pleno día y no un territorio hostil, sembrado de peligros, que me atraía. De pronto me tomó la mano y me condujo hacia el bajo a la luz mortecina de los faroles. Subimos por las calles empedradas con lentitud, a pesar de que nos separaban varias leguas de ese lugar prometido en las afueras de la ciudad. Dos jóvenes oficiales nos cruzaron en dirección opuesta y nos dedicaron una reverencia, al tiempo que nos recordaban que a esas horas de la noche la calle no era lugar para dos señoritas. Justina soltó una carcajada rítmica. Yo me hundí más adentro de mi capa y reprimí el impulso de saltarles encima.

Seguimos caminando hasta que el empedrado quedó atrás y las calles se hicieron de tierra. Las casas eran cada vez más bajas, algunas solo chozas de madera, y empezaban a escasear. En el interior de algunas brillaba la luz, y los perros ladraban junto a la puerta. Pronto estuvimos en el campo. Justina me señaló un largo camino de tierra y dijo que llevaba al Cementerio del Norte. No hubiéramos podido avanzar en ese descampado de no ser por la claridad de la luna, que todo lo bañaba de una luz tenue.

Mientras Justina me hablaba de su niñez en medio de la opulencia, yo le miraba el ruedo del vestido, lleno de barro, y las trenzas que en la agitación de la caminata se deshacían cada vez más. Todo me lo contó, a gran velocidad y con gran énfasis: el nacimiento como hija bastarda de un hombre poderoso, la belleza de su madre, la canción de cuna que entonaba por las noches con una voz dulcísima y que Justina tarareó para mí, en medio del silencio más completo.

Había tenido horas felices la vida en esa especie de palacio de cuento oriental, según lo imaginaba, con avestruces y flamencos. De niña le gustaba correr por los jardines semisalvajes detrás de los monitos y las liebres, a los que llevaba unos granos de maíz o un pedazo de fruta. La madre la retaba por arruinarse los vestidos y robar de la cocina, pero sus reproches eran suaves. El miedo real, que la paralizaba, era cuando llegaba él, con su vozarrón y esa presencia que modificaba todo. Entonces les ordenaban, a ella y a sus hermanos, permanecer en las habitaciones destinadas a los niños y guardar silencio.

—Pero mentiría si dijera que lo recuerdo —dijo pensativa—. No tengo siquiera una imagen de su cara. Solo sé que lo odiaba, porque nos divertíamos hasta que llegaba él, y porque fue la única persona a la que vi despreciar a mi madre.

El resto del tiempo podían vagar libremente por la quinta, comer a su antojo de los árboles frutales, bañarse en el lago artificial donde a veces se deslizaban pequeñas embarcaciones a remo y hasta un barco de vapor. Era posible que Justina estuviera inventando un lujo desconocido solo para mí, pero no me lo parecía. Ni siquiera sabía leer; a nadie le había parecido que valiera la pena enseñarle. Su niñez había tenido la cuota de libertad destinada a los niños de los que no se espera nada y, aunque la mía había transcurrido en cautiverio, en eso nos parecíamos. Por un instante, y como una imagen que llegaba desde muy lejos, velada por varias capas de oscuridad, vi a mi madre llevándome de la mano, cuesta arriba hacia el castillo, para entregarme a Él, yo una niña inocente que solo protestaba por el esfuerzo de la caminata.

Justina me sacó de mi ensoñación para decirme que ya estábamos por llegar. Detrás de una larga hilera de palmeras que se desplegaba frente a nosotras estaba la casa. Avanzamos unos pasos más, y de pronto la tuve frente a mis ojos.

Era una visión inesperada. Una gran villa italiana, de planta baja coronada por azoteas bordeadas de rejas, se alzaba en medio de jardines abandonados, iluminada únicamente por la luna. La maleza lo invadía todo y la sensación de soledad era extrema, como si de pronto todos los habitantes de esa quinta fantástica hubieran tenido que abandonarla ante el acecho de alguna peste. De algunos árboles colgaban esqueletos o partes de ellos, como el decorado de una fiesta macabra, y en el terreno frente a la casa era posible tropezar con alguna calavera oculta entre los pastos demasiado altos.

Justina se acercó con naturalidad y me indicó una entrada lateral, bordeando una galería donde las puertas estaban tapiadas. La seguí sin dudarlo. Frente a mis pies pasó ondulando una pequeña víbora, que pronto desapareció entre la vegetación salvaje.

—Es por acá, ¡vení! —me ordenó ella, y acepté su invitación, embelesada por esa familiaridad nueva con que se dirigía a mí. Justina conocía una entrada secreta.

Ingresar a la casa fue hundirnos en la oscuridad, con apenas un reflejo desmayado que se colaba desde las ventanas. Adiviné, más que vi, los altos techos de madera, las lámparas con caireles que pendían de ellos como joyas olvidadas. Los destellos en el vidrio eran lo único brillante en el interior de la casa, además de algunos espejos extrañamente intactos.

Justina estaba de pie delante mío, inmóvil, según imaginaba, en la contemplación de sus recuerdos. Me acerqué por detrás y me atreví a levantar una mano para tocarle el pelo. Ella me dejó hacer. Despacio, como si fuera la materia más preciosa que hubiera tocado jamás, le deshice el peinado. La mata de cabello oscuro le cayó sobre la espalda. La visión de mis hermanas y sus largas cabelleras, tan similares, me llenó de una extraña euforia, pero enseguida recordé la última vez que había visto esos cabellos esparcidos en la nieve. De pronto Justina reaccionó, se dio vuelta para mirarme divertida y se sacó la parte superior del vestido. Su camisa blanca resaltaba con la poca claridad que había en esa estancia. Justina me explicó que allí tenían lugar los bailes y empezó a ejecutar los movimientos del minué.

—A nosotros no nos dejaban asistir, éramos niños, pero espiábamos todo desde la ventana. Luego jugábamos al baile en nuestra habitación. ¡Era magnífico! Además, en los días de fiesta sobraban el chocolate y las masitas y siempre nos tocaba un poco. Pero, ¡vamos al lago! ¡A bañarnos!

Antes de que pudiera negarme, me sacó la capa y me miró largamente. Me quedé paralizada, esperando su próximo movimiento. Pero sin decir una palabra se desabotonó la camisa, con algo de torpeza, luego se desató la falda y la dejó caer junto con las enaguas. Su ropa interior era blanquísima, inmaculada. Se la sacó también, con mucha naturalidad, y después se acercó para hacer lo mismo conmigo. Pude sentir el olor acre y humano que despedía su cuerpo, un perfume que tuve ganas de aspirar directamente de su cuello, como si pudiera beberlo. Me desvistió muy despacio. Yo cargaba con la suciedad de años, parecía una mendiga al lado de ella, vestida con ropa sencilla pero limpia. Entre risas, Justina hizo un bollo con mi ropa, la cargó en sus brazos y me ordenó que la siguiera.

Salimos y la pude ver bajo la luz de la luna, blanca y aniñada, con pechos diminutos. El latido de la sangre cercana se estaba haciendo insoportable para mí, pero quería mirarla todavía un rato más. Tenía todo el tiempo del mundo, en ese paraje abandonado, para hacerla mía.

Atravesamos juntas la explanada que terminaba en una hilera de sauces; más allá de los árboles estaba el agua, una especie de lago artificial con paredes de ladrillos. Justina la rodeó por un camino de tierra para llegar al otro lado, donde la costa hacía un suave declive que terminaba en el lago. Se agachó en la orilla y entonces, con mucha concentración, se puso a fregar mi vestido y mi capa. Le miré la espalda mientras lo hacía, fina y musculosa, acostumbrada a esa tarea. El pelo le caía sobre un hombro y dejaba al descubierto la línea que bajaba hasta la cintura. Era justo ahí, y también en la nuca, cubierta de una pelusa suave que terminaba en un triángulo casi imperceptible, donde ardía por apoyar los labios. Me gustaba su capacidad para mostrarse indiferente, desentenderse de mí, tanto que me llevaba a dudar de mi presencia.

Cuando terminó se puso de pie y me invitó a entrar al agua con ella; así lo hice. Estaba fría. No me importó, pero ella tiritaba y se pasaba las manos por los pezones erguidos. Se acostumbró un poco a la temperatura, y entones se hundió más. Con una mano me atrajo hacia ella y me dio vuelta para lavarme el pelo. Lo tenía muy largo, lleno de tierra. Duro. Justina lo fregó con delicadeza mientras intentaba desenredarlo, y se reía. Era casi imposible soportar la tentación de morderla, pero ¿a quién quería engañar? Hacía demasiado tiempo que no me tocaban, y lo sentí hasta la última gota. Ella jugaba, me arrojaba agua con las manos. Yo levantaba los ojos al cielo y miraba la luna.

De pronto cambió de opinión y me tomó de la mano para sacarme del agua. Volvió corriendo hasta la casa y fui detrás de ella. Se escabulló por una puerta, y luego otra, para hundirse más en la oscuridad. Yo escuchaba sus risas pero no la veía. Seguía ese sonido de plata y el perfume de su cuerpo, ahora mojado. No fue difícil, para un animal habituado a la caza, dar con ella. Estaba apoyada contra una pared, jadeante. Tenía el pelo húmedo.

La abracé y nos acostamos en el suelo. Cuando bajé por su cuerpo para hundirme entre los pliegues de su carne, tuve mucho cuidado de no morderla. La di vuelta y le lamí la espalda mientras buscaba su entrepierna y le separaba los labios, abriéndome paso entre el vello. Pude tocar esa humedad casi olvidada, un estuche palpitante en el que deslicé las puntas de los dedos para buscar los lugares que la hacían gozar más. Quería lamerla ahí, pero Justina gemía de placer y sentí el arrebato de la sangre, que me llamaba. Me incliné sobre su nuca y la mordí en el costado del cuello lo más fuerte que pude. La sangre empezó a fluir y me llenó la boca de calor. Yo estaba en éxtasis. Ella se sacudió, tratando de zafarse de mi abrazo, pero no por mucho tiempo. Pronto relajó el cuerpo hasta el desmayo, y pude llenarme como no lo había hecho en mucho tiempo. La chupé en un rapto de placer, desesperada. Me pasé la mano por la boca para esparcir la sangre, que seguía tibia, me la desparramé por el pecho y aluciné a la vista de mis manos rojas. Quería bañarme en ella.

Me sentía otra vez como la criatura de la noche que era.

Por fin separé la boca del cuello de Justina y, satisfecha, salí al encuentro de la luna. Tendí los brazos al cielo y le grité, en una súplica que fue tan inútil como todas las súplicas. Le pedía que me recibiera.

Cuando los primeros rayos del sol se insinuaron sobre la hierba, recogí mi ropa, que todavía estaba húmeda. Entré a la casa y la puse a secar encima de una silla. Después me paré al lado de Justina y la miré con intensidad. Tenía que vigilarla, sobre todo para impedir que huyera. Se había puesto más blanca, si es que eso era posible, y la sangre coagulada le formaba una costra oscura sobre el cuello. La di vuelta para verle la cara. Tenía los ojos cerrados y la boca entreabierta, en un gesto que, aluciné, era de placer. El pelo la rodeaba como un manto. La tomé en mis brazos y la llevé hasta una de las habitaciones, dominada por un lecho de caoba en el centro.

La casa, se podía ver, había sido saqueada pero no por completo, como si una maldición pesara sobre los objetos que contenía, o sobre el edificio mismo, e impidiera que lo ocuparan, a lo que había contribuido hasta cierto punto la clausura de las galerías exteriores. En los días que siguieron tuve tiempo de recorrerla a mis anchas. Había espejos venecianos en algunos cuartos, un detalle absurdo cuando resultaban ser el único objeto en toda la estancia. Ninguno fue testigo de mi paso fugaz. Pensé en Justina, obligada a abandonar este palacio que quizás, durante sus primeros años, era todo lo que conocía. Perdida en la ciudad, de noche. Quizás loca.

En una habitación de pesados cortinados rojos cargados de polvo, un piano dormía el sinsentido de que ninguna mano levantara su tapa y le diera uso. Lo abrí para hacer sonar algunas notas. Estaba desafinado, y esa música chirriante parecía la única apropiada en ese lugar, que existía para nadie.

Justina no tardó en despertar. Cuando escuché su voz fui rápido hasta la cama donde descansaba y la encontré llevándose la mano al cuello, con un gesto de dolor. Me apuré a abalanzarme sobre ella. Antes de que pudiera reaccionar, ya estaba pasándole la mano por el cuerpo, frenética, y tomando de nuevo esa sangre que me había embelesado. Quería beberla toda, aunque sabía que eso equivalía a quedarme sin Justina. Le puse la mano en el pecho y pude sentir que el corazón latía más despacio, se callaba delicadamente, pero eso no me detuvo. Me incliné sobre el cuello y tomé más, más de esa sangre preciosa, hasta que el cuerpo se sintió inerte. Entonces levanté los ojos de la cama y alcancé a ver una niña vestida de blanco que se dio a la fuga a través de la puerta.

Puesto que estábamos solas en la casa, me resultó inexplicable la presencia de esa niña, pero no la seguí. El cadáver de Justina, ahora vaciado, me retuvo en esa habitación donde la oscuridad iba cambiando de parcial a total mientras los días daban paso a las noches, cada vez más negras.

Me quedé durante mucho tiempo.

A veces cerraba los ojos y al abrirlos creía percibir la blancura pálida del vestido de la niña en la penumbra, el sonido de su respiración quieta. El día y la noche terminaron por fusionarse en el letargo de la espera, o acaso era la prisionera de una fuerza desconocida que me mantenía en un estado de confusión, sin entender si tenía los ojos abiertos o cerrados. Si había pasado el tiempo, o solo el sueño.

Pero la naturaleza siguió su curso. Llegó el momento en que el vientre se hinchó, como si en él llevara el fruto insospechado de nuestras relaciones, y empezó a despedir un perfume que ya no era el de Justina sino el de todos los que, ganados por la muerte, desatan por fin el trabajo de destrucción que llevan dentro. Yo deambulaba por esa especie de castillo, esperando la aparición de la niña que, sospechaba, estaba enojada por el destino de Justina. Seguía desnuda, tal como había quedado aquella noche, y el hambre me estaba mordiendo por dentro una vez más. Quería irme pero, por alguna razón, el cadáver era un imán, una piedra que me retenía en la casa contra todo instinto.

Si acaso me pregunté qué era un cuerpo, el cadáver de Justina se negaba a contestarme. Se envolvía como una larva en su silencio.

Llegó la luna nueva y cuando el círculo se completó otra vez, sentí que algo se estaba cerrando. En esas noches claras subía a la azotea y me dejaba bañar por la luna, como si pudiera elevarme al contacto de la luz.

Pasaron las semanas. Líquido negro le brotó a Justina de los labios y cayó por la comisura de la boca, como si se hubiera alimentado del charco más infecto y estuviera demasiado llena. No era sangre impura, era el líquido de putrefacción. Ahora ella se parecía a mí, pero en la muerte. Sentí que había llegado la hora. No quería quedarme para ver cómo esa carne se resecaba hasta pegarse a los huesos, se volvía color ocre y emanaba la melancolía infinita de los cuerpos convertidos en un descarte, una cáscara vacía. Quizás lo intolerable, incluso para mí, era la superposición de las imágenes: Justina viva, Justina desnuda junto al agua, el mecanismo de sus músculos en acción, suave y seguro. Justina cadáver esculpido, borroneado por la destrucción.

Una vez más vi a la niña de vestido blanco, desde la altura. Yo estaba en la terraza y ella atravesaba el parque frente a la mansión. Cuando notó mi presencia se detuvo y se quedó mirando en dirección a mí, pero no estaba segura de que fuera yo lo que miraba. Entonces pude verle la cara por primera vez, y me paralizó: se parecía a Justina, los mismos ojos negros y la boca pequeña, la expresión divertida y al mismo tiempo arrasada por una tristeza prematura. O mejor dicho, todavía no era Justina. Una figura surgió de las sombras detrás de los árboles y se le acercó mansamente. La niña no se movió, a pesar de que el animal era feroz, parecía obedecerla. Se veía como una especie de tigre, pero luego supe que venía de la selva y era un yaguareté. Creí adivinar que me mostraba los dientes, pero quizás fue un truco de la oscuridad, solo un brillo. Ya no estaban cuando bajé al jardín. Volví a entrar en la casa para cubrir mi desnudez después de tantos días, pero en lugar de mi vestido viejo me llevé la ropa de Justina. Me puse su camisa, su falda, los botines, y abandoné la quinta en dirección a la ciudad.

Muchos años después, cuando la dinamitaron, yo estuve ahí. Fue un espectáculo magnífico.

Capítulo 3

No sé cuánto tiempo pasé en el castillo abandonado de Justina pero, cuando volví a la ciudad, la encontré transformada. La mayoría de los hombres había partido a la guerra en un lugar llamado Paraguay, apenas se hablaba de otra cosa. Las mujeres lloraban por las calles, se retorcían de preocupación, esperaban a los barcos en el puerto para recibir noticias de sus maridos, sus hermanos, sus hijos. Muchos no volverían o lo harían mutilados, rotos. En la mayoría de las casas faltaban los hombres, y el desamparo de las mujeres me convenía. Los pocos médicos que había, por otra parte, estaban ocupados atendiendo a los que regresaban enfermos del norte. Apenas podían prestar atención a los cuerpos que aparecían desmayados, con dos orificios en el cuello.

Buenos Aires no creía en fantasmas. Los únicos habitantes en cuya mirada había visto, de tanto en tanto, un destello de reconocimiento fugaz, eran los indios. Pero me tenían miedo, no eran una amenaza para mí.

Con respecto a los otros, en lugar de salir a cazar a veces me bastaba con pararme frente a una casa, cubierta con una mantilla blanca que había tomado de las lavanderas a la orilla del río, y esperar a que me invitaran a pasar, creyéndome extraviada. Entonces cruzaba el zaguán, luego el patio, perfumado por el aroma mortuorio del jazmín, y seguía a las damas hasta una sala fresca, sombría. Algunas llamaban a las criadas y les ordenaban que me trajeran una bebida. Otras me hacían sentar y después de conversar un rato tocaban el piano para mí, o declaraban que querían dibujar mi retrato, cosa que por supuesto no podía permitir. Todas eran hermosas y estaban aburridas. Me gustaba inventar historias para ellas, contarles vidas imaginadas que podían haber sido la mía.

A veces me hacía pasar por la esposa desdichada de un oficial del ejército de cuyo paradero no se tenían noticias. Lloraba a mi enamorado, lamentando mi viudez prematura, y las jóvenes casaderas suspiraban conmigo, o las madres me consolaban y derramaban profusas lágrimas pensando en el destino de sus hijos. Era difícil saber si en ellas pesaba más la tristeza por los varones ausentes o la fascinación de estar inmersas en un episodio novelesco. Muchas veces pensé que era esto último por el entusiasmo con que respondían a mis declaraciones de pasión, cuando acaso decidía seducirlas antes de atacar. Sin embargo fui cuidadosa: la población era reducida y no podía permitir que mis cacerías llamaran la atención de una prensa que, si bien era escasa y estaba absorbida por la guerra, no dejaba de lanzarse hambrienta sobre cualquier historia medianamente truculenta o atractiva.

Hasta el fin de la guerra, las semanas pasaron sin sobresaltos. Me alimenté hasta quedar hastiada, y solo espacié las cacerías a partir de la noche en que escuché a un estudiante algo borracho contar a una ronda de colegas, en la mesa de un café, la leyenda de la dama de mantilla blanca que lloraba frente a las casas de mujeres decentes y se hacía recibir con fines sangrientos.

Pero faltaba mucho tiempo todavía para que Buenos Aires volviera a la normalidad, porque entonces se desató la peste. Fue durante el Carnaval, días odiosos en que los habitantes de la ciudad, además de disfrazarse y organizar bailes de máscaras, se dedicaban a arrojarse agua unos a otros, y que yo aproveché para cazar a mi antojo. Detrás de los antifaces de colores, las miradas se congelaban de espanto en el instante del reconocimiento.

Las muertes habían empezado mucho tiempo antes, pero en menor escala. La ciudad había crecido desordenadamente. Los miles que bajaban de los barcos provenientes de Europa iban a parar al sur, amontonados en casas infectas, cerca de un Riachuelo que, igual que la parte más indecente del cuerpo, se llevaba los desechos, la basura y los animales muertos que irían a teñir de inmundicia el agua de por sí nada plateada del río. Buenos Aires tenía olor a agua podrida, a cadáveres expuestos al sol; los patios de las familias ricas y las plazas se llenaban con toda clase de plantas que perfumaran el aire y fingieran otra cosa, pero toda la ciudad era un gran cementerio de putrefacción. Un cementerio melancólico, además, porque sus habitantes apenas podían olvidarse de los escasos resultados de esa lucha incesante contra la decadencia.

Así llegó el vómito negro, la fiebre amarilla, menos cromática que su nombre, y se esparció primero por esa zona más pobre de la ciudad irrigada de podredumbre. Pero la desesperación inundó todos los barrios, y pronto fue más común atravesar las calles en un carro rumbo al cementerio que estar vivo. Los que podían, huyeron.

Buenos Aires colapsó bajo un volcán de cadáveres, como si las entrañas mismas de la tierra, ahí donde se intentaba por todos los medios ocultarla, se hubiesen abierto para exponer la muerte en una llaga inmensa.

Los pobres intentaban escapar de la ciudad en tren o en barco; los ricos desaparecieron de la vista, refugiados en el campo. Se fueron, no solo para no morir, sino para no ver. Y de los que sí vieron, dudo que alguno haya dejado de tener pesadillas donde los cuerpos desfilaban incesantemente, pesadillas solares, que coincidían con la vista de las calles a plena luz del día.

No pasa muy seguido que los sueños coincidan con la realidad y, cuando lo hacen, es atroz. Un nuevo cementerio fue inaugurado en el oeste y el tren, que debía traer el progreso, le llevaba cuerpos a montones. Muchas casas quedaron abandonadas. Y después del estallido frenético del Carnaval, pronto sofocado por las autoridades, que además impidieron toda reunión pública, se hizo un extraño silencio.

Estaban cerrados los negocios y los cafés; nadie en las iglesias, nadie en las plazas. Los barcos no llegaban al puerto.

Para los días a los que la religión cristiana se refería como Semana Santa, las calles estaban desiertas. Solo el ruido esforzado de las ruedas de carros rumbo al cementerio imponía, letárgico, otro ritmo. Impotentes, olvidados por su Dios, los sacerdotes caían como moscas. Los médicos no daban abasto para recorrer las casas asistiendo a los enfermos. Por momentos el humo de las hogueras llenaba el aire; las casas de los pobres se vaciaban, y muebles, ropa, objetos de lo más variados se prendían fuego en grandes pilas frente a las familias que lloraban. Muchos que no hablaban el idioma ni siquiera entendían lo que estaba pasando, por qué el saqueo. Algunos de los que conseguían lugar en un barco para volver a sus países de origen morían en altamar, doblemente desterrados.

Algunas noches, cuando recorro la ciudad, me pregunto cómo reaccionarían todos si a la mañana se despertaran y abrieran las puertas a calles donde los cadáveres estuvieran a la vista, envueltos solo con una sábana en las puertas de las casas. O pasaran apilados en un carro, en una masa indiferenciada de brazos, piernas, caras de dolor. Quizás la perfección para ocultar la muerte sea la victoria más contundente de este siglo.

En aquellos días estuve ocupada, arrastrándome entre moribundos para quitarles la última porción de vida. No era la mejor sangre que mis labios hubieran bebido sino la peor, impura, pero se encontraba en abundancia. Me asqueaba, pero me aplacaba la sed. Sacaba mi tajada, como los abogados que ofrecían por módicas sumas firmar un testamento, los ladrones que irrumpían en casas desiertas para proveerse a sus anchas, los sepultureros que negociaban cada ataúd a precios de lujo. Algunos, con la lucidez del último aliento, me pidieron morir, como si yo fuera un ángel piadoso. Alzaban la vista desde el lecho y, en su delirio, me daban la bienvenida. Era eso o la fiebre, el calor insoportable, el dolor que doblaba el estómago.

Era el caos, y a nadie le llamaba la atención que caminara por las noches, sola, con la camisa manchada de sangre. Sentí por primera vez algo parecido a la degradación: me estaba convirtiendo en un ave de carroña, alimentada con desechos. ¿De qué manera me fundí con el paisaje? Había sangre en cantidad, pero también experimenté el hastío.

Por esos días ocupé una casa vacía en San Telmo, solo para mí. Era oscura, de una sola planta; se extendía en varios patios hacia el fondo y me gustaba resguardarme en la penumbra, junto a las ventanas que daban a la calle, para contemplar el paso de los carros que llevaban los cuerpos. Los dueños, o quizás los saqueadores, se habían llevado muchas de sus pertenencias, pero encontré varios vestidos olvidados en un baúl. Elegí uno de terciopelo bordó, ribeteado en negro con un miriñaque enorme, algo anticuado. La falda era amplia y debajo llevaba varias enaguas con puntillas, más tela de la que nunca había tenido encima, como una armadura. No conseguí atarme yo sola el corset, por lo que decidí descartarlo y usé solo camisa, como las mujeres pobres. Me peiné con raya al medio y el pelo recogido en la nuca, y en las orejas me puse unos largos pendientes dorados.

Había velas de sebo como para iluminar un pequeño apocalipsis y encendí varias, en candelabros y candiles. Las ventanas estaban cerradas y así habrían de seguir. En la sala descansaba un piano de ébano, lustroso como un ataúd, y lo pude tocar a mi gusto en esa casa llena de sombras.

Fue entonces cuando lo conocí. Él también estaba solo en la ciudad y, cuando llegó hasta mí, fulguraba con el aura de la muerte. Estaba convencido de que pronto iba a morir, y no se equivocaba.

Una noche, mientras volvía a la casa que ocupaba en el Bajo después de jornadas agotadoras de atender enfermos casi en vano, me escuchó tocar y entreabrió la puerta sin pensarlo, guiado por la música.

—¿Hay alguien? —lo escuché decir desde el zaguán.

Mi voz resonó por encima del piano cuando le respondí que pasara a su voluntad.

Me di vuelta para mirarlo, sin dejar de tocar, mientras él atravesaba la puerta de la sala. Era alto y caminaba ligeramente encorvado, tenía una barba crecida y un bigote que se adivinaban suaves, a pesar de que venía cubierto de polvo y cansancio. Se sacó el sombrero antes de inclinarse.

—Señora, me temo que no debería estar aquí. Toda la ciudad está en cuarentena...

Se detuvo de pronto cuando me miró con más detalle. De alguna manera debió intuir que yo no estaba sometida al peligro de la fiebre, porque abandonó el tono protector.

—No se preocupe por mí. Puede seguir su camino si así lo desea —dije desde mi lugar frente al piano.

Pero estaba claro que no iba a seguir. Después de guardar silencio durante unos segundos se acercó despacio, atraído por la luz de las velas, y se desplomó sobre un sillón. Desde allí me habló con los ojos cerrados.

—Mi conducta es imperdonable, lo sé bien. No la conozco, pero sé que si no me alejo durante unos minutos de ese infierno voy a enloquecer, y loco no serviría de nada. Esta casa, la música, usted... parecen de otro mundo. Cuanto menos el de antes de la fiebre.

Le dije que podía quedarse si así lo deseaba, que incluso agradecía la compañía, demostrando una amabilidad insospechada hasta para mí. Me senté frente a él, sacando la punta de mi zapato de raso por el ruedo del vestido, y le ofrecí una copa de coñac. Cuando se la extendí, la apuró de un trago. Me incliné hacia él para volver a servirle. Llevaba días corriendo de un lado al otro para atender a todos los enfermos que pudiera, me explicó mientras abandonaba en el suelo su maletín. Pero estaban faltando los suministros y, en todo caso, la mayoría de las veces no eran de ninguna utilidad. No podían hacer nada, solo juntar los restos. Había llegado a preguntarse si no sería de más utilidad como sepulturero.

Se interrumpió para mirarme largamente y nuestros ojos se encontraron. Él los tenía oscuros, de cejas y pestañas espesas, con ojeras dibujadas por el cansancio. El pelo era ondulado, peinado hacia atrás, y estaba aplastado sobre la frente por el sudor, el calor, el esfuerzo. Solo el labio inferior le asomaba debajo del bigote, de un rojo cálido, como un ofrecimiento, una muestra de carnalidad que intentara cubrirse con recato.

No tenía nada para decirle, pero quería que siguiera hablando. Me atraía su voz atormentada.

—Usted no sabe... —continuó—. Tengo estos olores metidos en la nariz. Haría cualquier cosa por librarme de ellos. Cualquier cosa. No puedo aguantarlo más. Tengo el impulso de escapar ya mismo al campo, y sin embargo me quedo. Por las noches sueño que vienen a buscarme en un carro para llevarme al cementerio. Era solamente un sueño, pero hoy... por fin lo vi... en un carro repleto de cuerpos que pasó a mi lado, una mano se movió... era cuestión de tiempo, y me pregunto cuántos más se habrán despertado así, en una fosa o en un ataúd, solo para volver a morir de espanto.

Se tapó la cara con las manos y se frotó los ojos con fuerza. Cuando los volvió a abrir, se veía desquiciado. El sonido de cascos sobre el empedrado llegó hasta nosotros. Lo miré fijo y guardé silencio para darle a entender que esperaba el final de su relato.

—Es lo que imagina, había un hombre vivo entre la pila de muertos —dijo mientras se desabotonaba el cuello de la camisa, olvidado de que estaba frente a una dama.

El dolor que lo atravesaba era palpable.

—Le grité al cochero y frenó al instante —prosiguió—. Tuvimos que subirnos los dos a la caja y tirar de ese brazo con todas nuestras fuerzas para sacarlo de entre los cuerpos. Lo bajamos con cuidado y lo acostamos sobre la calle. El hombre abrió los ojos despacio… estaba confundido. Demasiado débil, no pudo decir palabra. Mejor para él. Le ordené al cochero que siguiera su camino y, como pude, cargué con él hasta el Hospital General de Hombres. Las enfermeras y los internados celebraron cuando les conté que el hombre había sido rescatado de entre los muertos, pero estoy seguro de que a estas horas estará de nuevo en un carro, y esta vez con justicia. Ya no sé quiénes estamos vivos.

Mientras hablaba me acerqué lentamente hasta él, porque percibí que lo deseaba. Tenía olor a sangre amenazada. La luz de la vela quedó a mis espaldas, y mi cara se hundió en la sombra. Le rocé la cara con los dedos, le hundí las uñas en la barba. El cuerpo le vibraba con una intensidad que resultaba embriagadora. Adiviné que podía bajar por el pecho, desabrocharle la camisa. Podía hacer lo que quisiera con él, o al menos eso creí: estaba desesperado.

—Señora, ¿quién es usted? —interrogó con urgencia—. ¿Cómo puede ser que viva a unas calles de distancia y no la haya visto nunca?

—Usted lo acaba de decir, ya no se sabe quiénes son los vivos. Quizás sea un fantasma.

Con un movimiento brusco él, que hasta ahora había sido muy suave, me aferró la muñeca con toda la mano.

—Ni en las visiones más extremas del opio tuve una sensación parecida. Quiero saber quién es. Normalmente no sería tan impertinente, pero desde la fiebre… las normas sociales están en suspenso.

—Entonces, me llamo María —le mentí—. Y en cuanto a lo que hago aquí… a usted no le importa.

Ante esta provocación, que dije mirándolo directo a los ojos, me tiró de la muñeca y me hizo sentar encima suyo. No se inmutó ante mi rostro demasiado blanco; estaba atravesando un desierto donde la muerte era una presencia cotidiana. Con la mano libre me desabrochó los botones de la chaqueta, uno por uno, con movimientos lentos. Después me tomó con fuerza la cabeza y la inclinó hacia él para besarme. Estaba tibio, tenía olor a menta y alcanfor mezclado con algo más amargo, quinina tal vez. Pero el gusto era entrañable y me llenó la boca, como si quisiera fusionarse con algo que consideraba vivo.

Una de las velas se extinguió.

Yo también le abrí la camisa y le pasé los labios por el cuello. Jadeaba bajo mi boca. Se entregaba con la cabeza echada hacia atrás, y recorrí una y otra vez la nuez de Adán, el borde entre la piel y el nacimiento de la barba. Por fin lo obligué a recostarse en el suelo y le abrí el pantalón. Me levanté la pollera y las enaguas y me senté en cuclillas encima de él, dándole la espalda, así no tendría que mirarlo. Me deshizo el rodete con una mano y tiró fuerte del pelo. Cerré los ojos y me perdí mientras me movía sobre él, tratando de metérmelo más adentro, con sus manos en mi cadera. Me froté el clítoris con dos dedos hasta hacérmelo doler mientras me imaginaba que la vida de él abandonaba el cuerpo en ese mismo instante, dejándolo caliente entre mis piernas. Grité, y me hundí en la oscuridad completa. Deseaba la sangre, pero no todavía.

Me quedé acostada, con el cuerpo doblado sobre el estómago. La luz de las velas se volvía más débil y le iluminaba el tórax, cubierto de vello y sudor, que bajaba y subía con la respiración. Se llamaba Francisco y era el hijo de una familia acaudalada; los padres tenían campos, los habían recibido de parte de Rosas por los servicios prestados en el resguardo de la frontera con los indios. Exportaban cueros y tenían varias propiedades en la provincia. Ya ancianos, habían abandonado la ciudad en dirección al campo durante los primeros días de la fiebre, pero de todos modos la peste los había alcanzado. El hijo médico se había apurado a ir en su ayuda y solo había llegado a tiempo para el entierro, que tuvo lugar en el cementerio del pueblo. El hermano mayor era general del Ejército y había muerto en Paraguay, el menor era religioso. Se llamaba Joaquín y muchas veces, durante las últimas semanas, habían recorrido juntos las casas de los enfermos. Francisco se ocupaba de atender los cuerpos y Joaquín las almas, que le parecían más valiosas. Decía que la peste se debía tomar como una señal de Dios, que expresaba su voluntad. Francisco, como hombre de ciencia, estaba en desacuerdo pero tendía a ser protector con su hermano, la pureza moral que conservaba, su inocente interpretación del mundo.

Él había estudiado medicina casi como un acto de rebeldía, pero ahora no estaba tan seguro de que no hubiera sido mejor idea quedarse en Europa, donde había conocido la vida bohemia junto a un grupo de colegas. A pesar de que la leyenda heroica se difundía por entonces entre los que se habían quedado en la ciudad a combatir la peste, no le interesaba ser un héroe. Tuve la sensación de que estaba asqueado, de que no sabía cómo iba a hacer para seguir viviendo una vez que la fiebre se terminara, si es que lo hacía.

Antes de que la primera luz del amanecer entrara a través de los postigos, me levanté despacio y me puse la ropa. Francisco se fue.

Capítulo 4

Más tarde repetiríamos esta rutina sin que él preguntara nada sobre mí. Durante el día recorría la ciudad frenéticamente para atender a más enfermos de los que podía. A veces —y sobre todo a medida que los remedios, que muchas veces apenas aplacaban los síntomas, empezaron a escasear—, simplemente para acompañarlos a morir. Algunas noches, las que podía, llegaba hasta mi casa con los ojos cargados, vencido de horror, y se dejaba desnudar por mis manos, que encontraban en ese cuerpo una satisfacción nueva. Las pocas ocasiones en las que no tuvo energía ni siquiera para el sexo se desvaneció sobre el sillón mientras yo, sentada al piano, componía una música que podía ser de criaturas siniestras reptando en la oscuridad, de fantasmas que danzaban a la luz de las velas, de muertos que se desprendían de sus almas como de vestidos pasados de moda.

Hablábamos de la peste, o mejor dicho, él hablaba. Sabiendo que el contagio podía sorprenderlo en cualquier momento, trataba con todas sus fuerzas de comprender algo de lo que estaba ocurriendo antes de irse.

—La verdad es que no sabemos nada —me dijo una noche, desnudo, mientras fumaba una pipa de opio que había traído de su casa—. Hasta el presidente tuvo la cobardía de abandonar la ciudad y dejar a los habitantes librados a su suerte. El Cementerio del Sur está colapsado y el del Oeste pronto lo estará si la fiebre no deja de propagarse por sí misma. Nada podemos hacer, como si se tratara de los embates del clima. María, tenés que irte. Sé que no sos una mujer como las otras pero no me explico cómo es que todavía seguís aquí, sin servidumbre, sin comida... incluso podría hacer algún arreglo para que te recojan y te lleven a la estancia de mi familia, que ahora está desocupada. Mi hermano Joaquín podría ayudarte.

Me di vuelta ante la mención de ese nombre y miré fijamente a Francisco, tan ensimismado que parecía hablarles a las volutas de humo que salían de su pipa.

Durante los últimos días había estado pensando en Joaquín, ese joven intachable al que el hermano mayor se refería con tanta devoción. Me lo había imaginado puro, como un niño, y una mañana, después de la partida de Francisco, incluso me había escabullido hasta la puerta del templo donde oficiaba a través de ese barrio de casas coloniales y fachadas blancas.

El joven sacerdote prestaba sus servicios en la iglesia de San Juan Bautista, me había dicho Francisco, una de las más antiguas de la ciudad, que albergaba una preciosa figura del Nazareno tallada en madera. Era un edificio tosco y rectangular, en una esquina, rodeado por una reja. Me asomé al interior; en la nave principal, unas pocas personas asistían a la misa para despedir a un difunto. A pesar de que lo enviaban al sepulcro en un ataúd de pino mal clavado, seguramente el único que habrían conseguido, debía ser una personalidad importante de la ciudad para que le ofrecieran semejante ceremonia. Tomé asiento en uno de los bancos más cercanos a la puerta y observé a Joaquín.

No me interesaba el muerto, por supuesto; me interesaba él, sus ademanes parsimoniosos que dibujaban lo sagrado por encima de ese cuerpo vencido.

Joaquín me atraía y repugnaba a la vez. Me fascinaba su devoción; odiaba todo lo que representaba y a la Iglesia que, en su pobre versión del mundo, se arrogaba el derecho de decidir que yo, y otros como yo, éramos criaturas del demonio, una desviación en el plan divino, cuando en realidad nuestra misma existencia era la demostración de que semejante plan era una invención de los hombres, ni siquiera demasiado imaginativa. Pero había algo en esa religión, que después de todo se basaba en un asesinato. ¿Cómo podía no interesarme? Un asesinato cruento, expuesto a la vista de todos, multiplicado y repetido a través de mil imágenes que tantos simulaban no ver, o miraban de frente solo para atravesarlas: el cuerpo de Cristo, retorcido y plegado por el sufrimiento, la frente sudorosa y las gotas de sangre que se confundían con cualquier otra excrecencia como si lo natural en el cuerpo fuera sangrar, abrirse y derramarse hacia el exterior, como una ofrenda pública. Las estatuas de Cristo con un tajo en el costado, abierto, la carne a la vista, los detalles violáceos o rojo oscuro, el deseo de que la representación fuera real y la sangre también fuera real, líquido que después se tragaban los fieles apoyando los labios en una copa… la mirada de Cristo hacia arriba, una interrogación que no tenía respuesta, y las espinas hundidas en la frente, la carne turbulenta, atormentada, la carnalidad… ¿acaso morir no era un alivio? ¿No era el asesinato el modo, el único quizás, de poner fin a todo lo que había de intolerable?

De pronto Joaquín también me vio, y un gesto de vacilación le atravesó la cara ante una mujer sola y vestida de negro, sentada al fondo de la iglesia, que lo observaba fijamente. Allí, a través de la penumbra del recinto me llegó, inconfundible, la figura de lo que haría. La idea de mostrarle lo que yo veía dentro de la iglesia, de preguntarle si acaso él también...

Me perdí en estos pensamientos mientras Francisco, ya bajo los efectos del opio, se perdía en los suyos. Quién sabe qué visiones tendría. En ocasiones, cuando le veía en los ojos el espanto, imaginaba que se encontraba en una larga procesión a los muertos que había visto pasar al infierno durante el día. Solo una vez me lo dijo, que veía a las almas levantarse de los cuerpos tendidos en las calles, en los carros, al costado de las sepulturas, y eran monstruosas, para siempre torturadas. Otras lo escuchaba jadear en la oscuridad, y el deseo me arrojaba sobre él con urgencia. En el apogeo de sus visiones me subía encima de su cuerpo desnudo, le apoyaba los colmillos en el cuello y mordía. Francisco se paralizaba de terror y a la noche siguiente me lo contaba todo como si hubiera sido un sueño.

A nuestro alrededor, la luz de las velas lo volvía todo fantasmal, una realidad fluctuante en la que podíamos dejar vivir a nuestras pesadillas.

Mientras tanto yo seguía recorriendo las calles, aprovechaba el apogeo de la muerte para camuflarme en ese rostro que también era el mío. La fiebre había llegado, lo sabríamos después, a su punto máximo, con cientos de muertos cada día.

En una de esas rondas pude acercarme por fin al hermano de Francisco. Era cerca de la medianoche, estaba por entrar a una casa a dar la extremaunción y, cuando pasé junto a él, se volvió para mirarme. Los mismos ojos negros, las mismas cejas que su hermano pero la mirada menos turbia, la frente más limpia. Era todo lo que este mundo tomaba por bueno. Como una burla, saqué una mano afuera de mi capa y me persigné, mirándolo a los ojos.

Reaccionó al instante:

—Dios la bendiga, hija —dijo con voz cansada.

Era muy joven. Le mostraría que yo no era ninguna hija. Esa misma noche lo esperé y lo seguí hasta la iglesia de San Juan Bautista. Nuestros pasos resonaron en el empedrado. Éramos dos sombras, una persiguiendo a la otra, creadas por la luz débil de los faroles. Joaquín escuchó mis pasos y se volvió, pero me oculté en el zaguán de una casa. Cuando llegó a la entrada de la iglesia, empujó una de las hojas de la puerta, que rechinó suavemente al abrirse, y se hundió en el interior. Debió haberse puesto a prender las velas en candelabros y palmatorias porque cuando entré, a los pocos minutos, la nave estaba débilmente iluminada. Esta vez el crujido le llamó la atención, y se acercó apurado a ver quién era el extraño que lo seguía.

Para ese entonces yo había entrado y me había recluido en el confesionario, como un animal agazapado. Joaquín recorrió la nave en busca del intruso. Pude escuchar sus pasos cuidadosos que retumbaban en todo el recinto y, cuando pasó junto al confesionario, su respiración era agitada. Esperé, acechante a que llegara el momento para surgir de la oscuridad. Con un movimiento indeciso, se reclinó ante la pequeña ventana con enrejado de madera a la que normalmente se asomaban los fieles y atisbó hacia el interior. Allí se encontró con mis ojos. Lo sentí retroceder asustado, pero cuando acerqué la cara un poco más y vio que se trataba de una dama, la inquietud cedió.

—Padre —susurré, lo más bajo que pude. Nadie podía escuchar, pero así como estábamos, sumidos en el silencio y en la oscuridad, era la forma ideal para hablarle—, necesito su ayuda.

—Hija, qué está haciendo aquí, a estas horas y en soledad...

—He venido porque estoy en peligro. Escúcheme, Padre, por favor. Quizás sea el último que lo haga.

Me di cuenta de que Joaquín ocupaba lentamente su lugar en el banco del confesionario. Era mucho más joven que Francisco y tenía la mirada limpia, despejada, del que no se ha encontrado de frente con el mal.

—Usted sabe que estamos viviendo un momento excepcional, y las convenciones que rigen en otras épocas de pronto se ponen en suspenso... —comencé.

—Pues no debería ser así. Los preceptos de Dios son iguales en todo tiempo y no conocen excepciones. ¿Pero a qué se refiere, hija?

—Mi nombre es María, María Guerra. Mis padres abandonaron la ciudad al comienzo de la epidemia junto con la servidumbre. Yo prometí seguirlos pero me quedé en Buenos Aires, acompañada únicamente por mi doncella, porque... no le puedo mentir. Es la primera vez en la vida que estoy sola, Padre. Que no me vigilan. Y prefería experimentar ese poco de libertad, aunque fuera al precio de encontrar la muerte.

—Eso no es pecado, hija.

—No, por supuesto... Pero me acostumbré a merodear por las noches, y en uno de esos paseos furtivos... no lo puedo explicar, pero sentí que algo me seguía. Alguien, quizás. Una presencia imposible de definir o señalar con el dedo pero que para mí se volvió muy palpable y me envolvió en una sensación desconocida. Me detuve varias veces antes de entrar a casa para ver si se oían pasos, pero nada sucedió. Cuando crucé el umbral me olvidé del asunto y le pedí a mi doncella que me desvistiera, estaba muy cansada. Ella me sacó el vestido y me puso el camisón, me deshizo las trenzas y, después de preguntarle si había escuchado algún ruido extraño y de asegurarme de que las puertas y ventanas estuvieran cerradas como corresponde, me acosté en mi habitación y me dormí enseguida. Esa tranquilidad no duró mucho; a mitad de la noche me despertó una pesadilla: estaba durmiendo exactamente en el mismo lugar y, sin que yo pudiera evitarlo, una criatura se aparecía al costado de mi cama y me contemplaba. Qué era, no lo sé. Yo trataba de gritar para llamar a mi doncella pero no me salía la voz, y en el mismo momento me daba cuenta de que estaba totalmente paralizada. Todavía recuerdo la sensación de tratar de pronunciar el primer sonido de una palabra y que la lengua, rígida, no llegara a emitir más que el silbido del aire al pasar por los labios, o de hacer fuerza para mover una mano y que el cuerpo no me respondiera… como si estuviera encerrada adentro de una piedra. Entonces la criatura, que parecía masculina pero no del todo humana, de bordes borroneados, se inclinó sobre mí y me rozó el cuello con algo que debía ser una mano, aunque no sé si puedo darle ese nombre.

—Lo que me está contando es solo un sueño, hija…—me detuvo él. En la oscuridad, escuché cómo se revolvía en su asiento, incómodo.

—No he terminado. Por la mañana la doncella me encontró desnuda, mi ropa hecha jirones y tirada a un costado de la cama. En el vientre y el pecho tenía extrañas marcas que parecían rasguños. Imaginé que yo misma me había desgarrado la piel con las uñas en el paroxismo de alguna pesadilla espantosa, y que me había sacado la ropa por algún motivo. El episodio me dejó una impresión amarga, pero no le di mayor importancia. Hasta que algunos días después, de nuevo en mitad de la noche, la criatura volvió a aparecer, y esta vez ni siquiera estaba dormida. Lo reconocí al instante. Me quedé paralizada de terror, el corazón me latía demasiado rápido pero no tuve valor para moverme ni gritar porque de todas formas, en esa parte de la casa que estaba vacía, nadie iba a escucharme. Lo peor no era ni siquiera la presencia sino lo que yo sabía que iba a hacerme, porque de alguna forma lo sabía. Me sentía como hipnotizada, y no pude más que permanecer inmóvil mientras ese ser, que no estaba segura de que fuera humano, se inclinaba de nuevo sobre mí. Estuve lúcida para sentir cómo me hundía los dientes en el cuello con una fuerza implacable, casi me desmayo a causa del dolor… se estaba alimentando de mí. Esa vez no tuve dudas. Y mientras lo hacía, experimenté una mezcla de repulsión con otra cosa que me hizo sentir una pecadora, por primera vez en mi vida… Padre… yo lo deseaba. Yo quería más. De alguna forma debo haberlo llamado. Ahora estoy segura.

El silencio que se hizo entre los dos era denso, estaba cargado de confusión, de parte de Joaquín, y de la mía de un deseo que mi propio relato no hacía más que avivar. Era la primera vez que me ponía en el lugar de la presa.

—Hija, es imposible —declaró él, en cuanto recuperó el habla—. Las Escrituras hablan de la existencia de demonios y fuerzas sobrenaturales que desconocemos, pero no de criaturas que se alimenten de sangre humana. Y mucho menos…

—Padre, ¿usted está seguro de que conoce todo lo que existe? ¿La fiebre no ha venido para demostrarnos lo contrario?

—No, hija, no… Que la ciencia no haya descubierto aún el origen de la epidemia no debe incitarnos a creer que exista todo el repertorio de fantasías que los hombres han imaginado a lo largo de los siglos. Solo conduce al pecado dejarnos llevar por semejantes fantasías, y la prudencia nos instruye en sentido contrario.

—Creo que en este momento no existe la prudencia. Ni la sensatez… En pocos días he visto más horrores que en toda mi vida anterior, visiones espantosas como nunca las creí posibles. Tal parece que el mundo se hubiera salido de su eje y fuera imposible volver a ponerlo en su lugar. Padre… para mí será imposible —dije, y mi voz dejó de ser un tímido susurro para crecer sobre toda la iglesia—. Pero no me ha dejado que le cuente lo más importante. La tercera noche en que la criatura llegó hasta mi cuarto la esperé desnuda sobre mi cama. Sentí una voluptuosidad desconocida al deshacerme de la ropa y preparar mi cuerpo para recibirlo… y me pasé las manos por los senos, el vientre, como nunca me había tocado. Di orden a la doncella de no entrar en mi habitación por más que la llamara a gritos, porque yo quería saber hasta dónde podía llegar ese extraño visitante, aunque me costara la vida. Y así fue. Cuando se acercó, me palpitaba la sangre bajo la piel por el deseo de ser consumida. Me dejé estar, inmóvil, mientras él me subía desde los pies, trastornándome de placer. Le ofrecí el cuello, deseante, vencida. Ese es mi pecado, Padre. No soy una víctima, ¡yo lo llamé! ¡Yo lo quería!

Al otro lado del enrejado de madera, sentí el silencio de Joaquín. Supe que luchaba en su mente para saber qué decir y, cuando dejó escapar un gemido que estaba haciendo demasiado esfuerzo para reprimir, me reí con una risa diabólica, que retumbó en toda la nave de la iglesia.

Joaquín se puso de pie en un segundo, tirante, y abrió la puerta del confesionario para sacarme de las sombras. Le pregunté si le había gustado mi historia. Por toda respuesta me agarró con todas sus fuerzas y me besó con desesperación, como alguien que hubiera estado conteniendo la respiración por demasiado tiempo y necesitara aire, bocanadas de él. Se estaba ahogando. No lo pensé dos veces: me volví a sentar en el confesionario y me levanté las faldas, abrí las piernas y lo agarré del pelo para acomodarlo entre mis muslos. Me miró el pubis como si se le hubiera revelado el secreto más terrible y adiviné, en la sombra de dolor que le cruzó la cara, los años de deseo oculto, de torturarse en soledad. A continuación me lamió con la misma desesperación con que me había besado la boca. Yo quería gozar, pero también quería verlo arrastrarse como un perro, y a ese dios clavado en una cruz que me miraba en diagonal desde el altar iluminado lo miré desafiante: aunque no existiera ni estuviera en ninguna parte, yo quería ofenderlo. Se lo merecía.

La perdición de Joaquín debía ser completa. Lo hice acostar en el suelo, le levanté la sotana y me senté encima de él para llevarlo al paroxismo. No hizo falta mucho. Estaba extasiado y me miraba con una mezcla de súplica y vergüenza que me trastornó, no quise esperar más. Me apreté más intensamente contra su cadera, agarré una mano y hundí los dientes en el interior de la muñeca. Al fin podía regodearme en esa sangre que una creencia absurda consideraba especialmente pura. A los pocos segundos se desvaneció. Mientras las venas de Joaquín continuaban derramándose sobre el suelo corrí hasta el altar y busqué, por todas partes, el cáliz con que debía oficiar la misa.

Lo encontré en un pequeño cuarto que estaba a un costado de la nave principal. Era modesto, con una copa en forma de campana que me apuré a llenar con el hilo rojo oscuro que manaba del brazo de Joaquín, inconsciente sobre el suelo. Hizo falta que recurriera a mi boca para que la sangre volviera a fluir, y recogí la suficiente para cubrir el fondo del cáliz. Me bastaba con beber un trago.

Entretanto desnudé a Joaquín y lo arrastré hasta dejarlo tendido sobre los escalones que conducían al altar, con los brazos en cruz. Me sentía frenética, extasiada con esa composición de oscuridad y luces débiles. De rodillas al lado suyo, y después de frotarme la cara y el pecho con su sangre, le puse una mano en el pecho y con la otra levanté el cáliz antes de beber su contenido para mostrarle al Cristo en el altar, a sus ojos impotentes del amarillo de la cera, lo que hacía con su ministro. En alguna parte, visibles o no, las criaturas del inframundo debían estar aullando para acompañar esa pequeña fiesta.

Cuando terminé la ceremonia me levanté, dirigí una última mirada al cuerpo de Joaquín, para retenerlo en toda su gloria, y salí de la iglesia. Al cáliz teñido de rojo lo había dejado sobre el altar y frente a Dios, como correspondía. No había terminado de descender los escalones de la entrada cuando un carro cargado de cuerpos pasó frente a mí, tambaleándose bajo el peso excesivo de esa montaña humana. Todo lo que vino después habría sido distinto si no me hubiese distraído en la contemplación de esos cuerpos envueltos unos en sábanas, otros en cajones miserables, en medio de la suciedad, porque cuando traté de proseguir mi camino una mano me tomó con fuerza del brazo y me lo impidió. Era Francisco.

—María, ¿qué hacés? ¿Qué te pasó?

No necesité pasarme la mano por la barbilla para saber que la tenía cubierta de sangre, lo mismo que la boca y parte del vestido. No respondí, y en cambio lo miré con fiereza.

—¿Estabas en la iglesia? ¿Recordabas que mi hermano oficia aquí?

Antes de que pudiera zafarme de su brazo y escapar, Francisco entendió que yo no era la víctima, a pesar de la sangre. En la intensidad de su mirada vi que acababa de comprender, por fin, de qué se trataban en realidad sus visiones nocturnas, esos ensueños del opio en los que una criatura fatídica se alimentaba de su cuello. Por eso me obligó a entrar con él a la iglesia, donde los restos de la misa negativa que yo había celebrado sobre el cuerpo de su hermano lo llenaron de espanto.

—Pero… cómo puede ser… ¿Qué hiciste? —me gritó con desesperación.

Luego me dio la espalda con horror. No quería mirarme.

No traté de escapar, ya no era necesario. Francisco solo pensaba en asistir a su hermano. Mientras se arrodillaba junto a él y le tomaba el pulso, aproveché para salir del edificio. Sabía que me estaba arriesgando, ahora que por primera vez alguien sabía lo que era yo, pero decidí volver a casa.

Allí, mientras me desnudaba para despojarme de la sangre que llevaba en la ropa y sobre el cuerpo, comprendí que empezaba a parecerme a mi Hacedor, que el hastío de siglos solo podría aplacarse con más y más crímenes, dispuestos a mi alrededor como esculturas que apenas permanecerían en mi recuerdo.

Capítulo 5

En la tierra recién removida del Cementerio del Oeste, un zorro se coló por entre el alambrado y se acercó hasta una fosa que acababan de tapar. El cuidador del camposanto se apuró a espantarlo; podía recurrir a su pistola, de ser necesario, con tal de ahuyentar a las fieras. Zorros y pumas merodeaban el lugar, convertidos en carroñeros. Algunos difuntos iban a la tierra sin cajón y una noche un vigilante en una ronda de tragos, durante un descanso en la sórdida tarea de enterrar cientos de cuerpos, habrá contado cómo vio a un puma alejarse hacia la llanura con una mano desgarrada entre los dientes.

Todavía llegaba el tren, con sus tres únicos vagones repletos de ataúdes, hasta el cementerio nuevo, que era apenas un descampado.

Pasaron unos días antes de que Francisco se atreviese a volver. Lo esperé vestida de luto, segura de que Joaquín se había desangrado frente al altar sin que su hermano pudiera impedirlo. Así, oculta detrás de un velo negro, recorría la ciudad para conmoverme ante el espectáculo de sus muertos. Le quedaban pocos días a la peste; pronto la cantidad de fallecimientos empezaría a descender.

Los habitantes de la ciudad se aferraban como sonámbulos a las tareas que la muerte les imponía. Como los cuerpos de los infectados debían enterrarse en el lapso de unas pocas horas, no había ceremonia posible que los acompañara a cruzar el umbral hacia la inexistencia. Sin misa, sin velorio, apenas con la extremaunción, se arrojaban las almas hacia el otro mundo, a granel. Incluso yo, que era amiga de la muerte, podía entender la insignificancia de morir durante la epidemia, de ser un nombre más en una lista. Por eso los amigos, los familiares de las víctimas, se desesperaban por conseguir que al menos sus muertos se salvaran de la fosa común, que recibieran un cajón, una tumba donde se inscribiera un nombre.

"Cajón y carro" era la súplica que más se oía, lo que los deudos reclamaban, por piedad. En la prensa, en cartas, en persona, a las autoridades o a la policía. Cajón y carro, por favor. Cajón y carro. Al ritmo de esas palabras yo andaba por las calles aspirando profundamente la melancolía que se desprendía de todo, como un perfume que recogía al pasar, imposible de reproducir por medios artificiales. Solo la catástrofe, la suspensión de lo conocido, el abismo de enfrentar la muerte sin ceremonias, como un salto al vacío, podían dar lugar a un sentimiento así.

A nadie le tocaba la gracia de una muerte bella. Cuando la fiebre llegaba al hígado, que dejaba de funcionar, el cuerpo se desangraba hacia adentro. En el estómago el líquido color rubí se tornaba negro, y cuando se expulsaba a través de la boca y la nariz… no se diferenciaba del negro licor de la putrefacción que manaba de los muertos. Lívidos, amarillentos, los enfermos finalizaban su agonía como cadáveres en vida.

Buenos Aires llevaba décadas luchando para separar la vida de la muerte, lo enfermo de lo sano, e instaurar la civilización definitivamente. Pero al enemigo misterioso que ahora la ponía una vez más bajo el influjo de lo ingobernable, nadie lo podía identificar, y los hombres de ciencia culpaban del contagio a esos extraños, los inmigrantes, que habrían traído consigo en los barcos la peste y la pobreza como enfermedades que les corrieran por la sangre. Solo diez años después se sabría que el verdadero responsable de una matanza como nunca se había visto era el insecto más diminuto, el más insospechado. Un pequeño vampiro, después de todo, que extrayendo la sangre infectada de unos cuerpos y depositándola en otros, había dejado a la ciudad en jaque a través de su actividad invisible.

A mi modo, estaba exultante con el festival de la muerte. Era como si, por primera vez, algo del mundo del que formaba parte desde hacía siglos saliera a la luz, invadiera las calles, se apoderara de todo. Una ciudad dominada por la muerte. Miraba los cuerpos envueltos en sábanas que se dejaban junto a las puertas de las casas, a la espera del carro que pasaría a recogerlos rumbo al cementerio, y recordaba otros muertos, siglos atrás, cuando se abrían las tumbas para verificar que no se hubieran levantado después del entierro y, al ver esa sustancia negra chorrearles de las comisuras de los labios, se los tomaba por vampiros…

Tuve tiempo de sobra para preparar la próxima escena. En la alcoba que ocupaba, entre cintas, cepillos y perfumes franceses, me sentaba frente al tocador y me cepillaba durante horas mientras pensaba en Justina, en Joaquín, en otros cuerpos que habían sucumbido bajo mis manos y sin embargo no me pertenecían. Me vestía como lo haría de estar invitada a una gran fiesta: del arcón a los pies de la cama elegí otro vestido, esta vez de terciopelo negro, más a la moda, con una falda sastre que caía recta en el frente y por detrás, drapeada sobre un polisón. Así había visto a las mujeres asistir al teatro antes de la peste. Era un traje de noche, dejaba los hombros al descubierto y el escote estaba rematado por un único brillante. Me peiné con raya al medio y me recogí el largo del pelo en un rodete que ajusté con varias horquillas; por último, tomé de un alhajero un par de pendientes que representaban dos serpientes al acecho, con ojos de esmeraldas. En los labios me puse un toque de color con la sangre de mis víctimas, que últimamente llevaba guardada en un pequeño recipiente de cristal hasta que se secaba o sucumbía a la podredumbre: una composición delicadísima, que ningún espejo me permitiría contemplar. El tiempo era tan amplio y vacío, en esta casa habitada por un lujo modesto, que me había acostumbrado a entretenerme con los objetos que estaban a mi disposición, además de las largas horas que pasaba sentada al piano.

También leía, de lo poco que había disponible. De la biblioteca, que era reducida, había capturado mi atención un pequeño tomo sobre la historia de Buenos Aires. Y en una revista de reciente publicación había encontrado un curioso relato sobre el pasado de la ciudad. Era una historia de matanzas y salvajismo, de hombres obligados a bailar sobre charcos de sangre.

Cuando estaba terminando de encender las velas en la sala, la puerta de calle se abrió de un golpe. Supe que era Francisco. Antes de verlo lo escuché tambalearse para cruzar el zaguán y abrirse paso hasta mí. Borracho o desesperado, daba lo mismo, con una sola mirada comprendí la profundidad del abismo en el que estaba hundido.

—No sabía si volver… —comenzó. Pero le costaba seguir.

Claro que lo sabías, pensé, pero me abstuve de decírselo. Estaba escrito que Francisco volvería al cabo de unos días, pero ahora necesitaba fingir que estaba sorprendido de sí mismo y pretender que alguna fuerza ingobernable lo arrastraba de vuelta hacia mí.

Me contó sus días de tormento, de incredulidad. La peste ya había desafiado su capacidad de sorpresa, y luego había ocurrido lo de la iglesia. Dijo que no lo podía aceptar, que parecía imposible, pero era impropio de un científico dudar de lo que veían sus ojos. Se lo dije, casi como una provocación, y la ofensa le hizo recobrar algo de espíritu. Quiso saber por qué no lo había matado como a su hermano, luego de alimentarme de él durante tantas noches. Yo no tenía respuesta para eso. Guardé silencio, mientras perdía la mirada en la luz vacilante de las velas, en las formas caprichosas que adoptaba la cera al derretirse.

Al cabo de unos minutos, hablé.

—Nada de lo que hago tiene sentido —le expliqué, y por primera vez comprendí que era cierto—. Estoy arrojada a esta historia, y la única libertad que tengo es la de crear.

—¡Crear! ¿A través de la destrucción? Hablás como una blasfema, María, ¡no lo puedo soportar! —gritó Francisco mientras se aferraba al respaldo de un sillón con las manos crispadas.

No respondí. Era la primera vez que un humano me interrogaba, tratando de captar con su limitada comprensión del mundo lo que yo era. Se trataba de un esfuerzo vano, que me exasperaba. Entonces Francisco quiso saber cómo había llegado a serlo. Me pidió que le contara, que tuviera piedad, porque me había visto manchada con la sangre de su hermano y ahora se encontraba conmigo, tan parecida a la mujer que había conocido semanas atrás, y no lograba conciliar las dos figuras.

—Sos la asesina de mi hermano —dijo, no tanto como una acusación, sino para recordárselo a sí mismo.

Pero yo no podía ofrecerle ningún consuelo.

—Sí, soy todo eso —respondí—. Estabas muy seguro de que lo entendías todo.

—Nunca pensé, en medio de los delirios que se apoderaron de mí durante todos estos días —dijo mientras se dejaba caer sobre el sillón, vencido—, que al verte solo pesaría la fascinación y no la repugnancia.

Francisco se interrumpió. La puerta de calle vibraba con golpes apremiantes. Por un segundo nos quedamos paralizados. Enseguida me hizo señas de que guardara silencio y se dirigió a la entrada. Abrió con cuidado. Entendí que planeaba hacerse pasar por el dueño de casa. La Comisión Popular de Salud Pública ordenaba un relevamiento de todas las casas de la ciudad; era necesario que entraran y registraran la cantidad de habitantes, exposición a la peste, fallecidos y demás. Francisco se valió de sus títulos y logró convencerlos de que se saltearan la inspección de la casa. Anunció, por otra parte, que era el único habitante. No le costó demasiado esfuerzo: bastó con imponer su apellido y su autoridad. Cuando volvió a la sala y me miró hondamente, entendí que estaba dispuesto a hacer cualquier cosa con tal de ocultar mi secreto.

Me acerqué despacio, hasta que estuve frente a él. Tenía la cabeza agachada y le vi en la mirada un nuevo pesar que se agregaba al dolor que cargaba desde hacía semanas. Subí la mano hasta su cara y le toqué la barba. Era la primera vez en siglos que alguien sabía lo que era yo. Sentí cómo cedía la violencia con que se había dirigido a mí.

—Estoy perdido, María —confesó—. Puedes hacer conmigo lo que quieras.

Y lo que yo quería, por supuesto, era comer. El pecho de Francisco, el pelo que formaba un triángulo desde las clavículas hasta el ombligo. El cuello grueso, fuerte, con olor a hombre. Me incliné sobre él y le abrí la camisa lentamente. Era la primera vez que la sangre se me daba así, como una ofrenda. Él se sentó en un sillón y dejó caer el torso sobre el respaldo. Luego inclinó la cabeza hacia atrás para ofrecerse. Adiviné que, por alguna razón, quería experimentar el dolor de mi mordedura sin estar bajo los influjos del opio. Quería sentirlo. Así que abrí la boca, aspiré profundo y le hundí los colmillos hasta que me llegó el gusto metálico de la sangre, esa tibieza de animal vivo. Fue necesario ejercer cierta fuerza para atravesar esa carne, dura y elástica. Todo su cuerpo se tensionó para defenderse, estaba en su naturaleza. Y entonces se abandonó, con un gemido, mientras yo recogía su sangre con la lengua.

Al día siguiente decidí visitar la tumba de Joaquín. Quería verlo una vez más, en su esplendor final, con esos rasgos que duplicaban los de Francisco de un modo más dulce, como si la inocencia de hermano menor hubiese estado inscripta en todo su ser desde la cuna. Lo había matado demasiado pronto, ahora lo entendía, porque me arrasaba el deseo de llegar hasta esa iglesia y desnudarlo nuevamente, de encontrarme en sus ojos esa mirada de terror y sorpresa que me había encandilado con su brillo. No deseaba que Joaquín siguiera con vida sino para matarlo mil veces más, en una explosión de goce que había resultado, y siempre resultaría, demasiado efímera. Las criaturas bellas se escurrían entre las manos.

Me coloqué sobre el pelo un tocado diminuto del que caía un velo negro y espeso hasta la cintura. Así, con el aspecto de una joven viuda —y en cierta forma lo era—, atravesé la ciudad en dirección al norte. Elegí el camino que bordeaba el río y me detuve un momento frente al agua. Atardecía. Solo la ausencia de la multitud de barcos habitual delataba un estado de extrañeza en el ritmo de la ciudad. Tampoco estaban las lavanderas, dado que las autoridades habían prohibido el lavado de ropas en el río. Por lo demás, el agua seguía rizándose en su rumor incesante, que se escuchaba mejor en esos días de pausa, y tres o cuatro barcos que habían traído soldados del Paraguay se mecían melancólicos sobre la superficie.

Pronto estuve cerca del cementerio, en el camino bordeado de árboles jóvenes que lo separaba de la ciudad. Mientras terminaba de caer la tarde pasé junto a la Iglesia del Pilar e ingresé al camino que conducía hasta las bóvedas. Al fondo del cementerio, un terreno cubierto de barro y charcos albergaba la fosa común y las tumbas de los pobres. No sería difícil encontrar la de la familia de Francisco y Joaquín, lujosa entre las sencillas tumbas recientes, los mausoleos con forma de templos austeros en mármol blanco o las primitivas bóvedas de ladrillo, revocadas con descuido.

En instantes la luna comenzaría a perlar la superficie del cementerio. Pronto encontré el lugar, que señalaba el apellido escrito en bajorrelieve sobre las puertas de la bóveda. Más abajo, una placa con el nombre de Joaquín y las fechas 1847-1871, modesta y precisa, daba cuenta de la escasez de pompa que había rodeado su sepultura.

Empujé la puerta de vidrio y entré; la oscuridad era casi completa en el interior y en el mármol brillante del pequeño altar que vigilaba un Cristo, un ramo de flores despedía una dulzura ya marchita. Bajé por la escalera estrechísima que llevaba al subsuelo. Abajo la oscuridad era total y la humedad, palpable. Encendí una vela que traía conmigo. Adiviné que el cuerpo de Joaquín se encontraba en el cajón más reciente, que era también el menos lujoso, y sin embargo estaba clavado con firmeza. Me desgarré las manos tratando de abrirlo.

Allí estaba él, tal como lo recordaba, bajo el resplandor mínimo de la llama, que creaba un espacio flotante donde solo existía su cuerpo. Lo miré arrobada. De su cara habían sido borrados tanto el deseo como el horror que había experimentado, por primera vez, al borde de la muerte. Lo habían enterrado con su sotana. Lo encontré bello, una pequeña criatura herida. Sus rasgos, teñidos de amarillo pálido, indicaban que de manera irrevocable ese cuerpo, antes animado por la sangre, se había convertido en piedra. En efecto, su frente y sus mejillas estaban heladas; solo la fina carne que recubría los pómulos reaccionaba al tacto con una textura que pareciera humana. Instintivamente, después de tocarlo, me llevé las manos a las mejillas.

En cuanto a él, todavía llevaba en el cuello y en la muñeca las marcas de mis dientes, que habían sido disimuladas bajo la tela de su sotana con cuidado, supuse que por Francisco. Aparté solo un poco el cuello de su traje para ver el lugar preciso en que llevaba mi huella, dos orificios rodeados de una zona más oscura que había empalidecido. De allí había manado la sangre, y no lo haría nunca más. Entre las manos tenía enredado un rosario de cuentas de nácar. Se lo saqué y lo guardé en el bolsillo de mi vestido: lo pondría en un alhajero donde también reposaban una hebilla de Justina, un mechón de pelo de Francisco y un antiguo sello grabado con la figura de un dragón cuyas garras formaban una letra. Lo que faltaba era todo en mi colección: cada cuerpo, cabeza, mano, gota de sangre, que no había podido conservar a lo largo de mi existencia nómade, y que había tenido que abandonar a la destrucción completa.

Alejé la vela del cuerpo de Joaquín para examinar el resto de la bóveda: quedaba espacio suficiente en las estanterías para nuevos cajones. Por un momento me pregunté si el linaje de la familia terminaría con Francisco, que era, hasta donde yo sabía y después de la muerte de sus dos hermanos, el único descendiente vivo. Él también había visitado pocos días atrás, igual que yo, ese hueco que lo estaba esperando.

Un rato después estuve lista para subir las escaleras y abandonar la cripta que guardaba los restos de Joaquín, no sin antes depositar un último beso sobre el frío de sus labios. Cerré la puerta con cuidado, para no dejar huellas que hicieran sospechar una profanación, y cuando giré para retomar el camino que salía del cementerio quedé enfrentada a dos niños, vestidos de luto, que me miraron con horror. Seguramente acababan de asistir al entierro de un familiar y, aburridos, se habrían alejado del grupo. Como se paralizaron ante mi presencia, aproveché para acrecentar el dramatismo de la escena y empecé a moverme lentísima hacia ellos, envuelta en mi velo negro, con la mano extendida como si quisiera tocarlos, hasta que el instinto los obligó a vencer la inmovilidad y salieron disparados, a los gritos.

Ahí tenían una historia, que contarían por el resto de sus vidas.

En el camino de vuelta hacia el sur, noté que el aire se estaba volviendo más frío. La temperatura había cambiado y con el frío vendría el final de ese brote de fiebre amarilla, que sin embargo permanecería inexplicado.

Capítulo 6

Francisco me estaba esperando cuando llegué a la casa que ocupaba, no en la sala sino en la habitación, lo cual era infrecuente en él, que solía permanecer en la sala mientras bebía o fumaba un cigarro. Esta vez se había recostado en la cama y una sola mirada me bastó para entender que en el último instante, justo antes de retirarse, la peste lo había vencido. Me lo dijo con voz temblorosa: estaba enfermo. Lo miré con más detenimiento mientras me sentaba a su lado. Los ojos vidriosos y la frente perlada de sudor no dejaban dudas. El cuerpo estaba caliente, no demasiado, pero pronto comenzaría a delirar. Él lo sabía. Me pareció natural, el preciso destino que yo había imaginado para él desde nuestro primer encuentro. En mi mente volví a esa bóveda donde pronto reposarían, juntos, los dos hermanos.

—Necesito… necesito que me salves, María —dijo, esforzándose por hablar—. Sos la única que puede.

No estaba preparada para escuchar a Francisco hablar de salvación; había pensado que cierto heroísmo en él lo habría preparado para una muerte bella, digna, que no le causara temor, como no se lo causaban las visiones del opio. ¿Cuánto más difícil podía ser morir?

—¿Salvarte? Yo solo puedo dar muerte —dije, después de un largo silencio—. ¿Qué tengo que ver con salvar una vida?

—No, no mi vida, pero a mí. Estuve investigando… Sé que podés convertirme. Sería la condena eterna, ya lo sé, pero también es la única posibilidad de prolongar mi existencia.

No podía olvidarme del horror con que Francisco me había mirado al comprender lo que había hecho con Joaquín, pero al parecer él sí, o ya no le importaba. Me distrajo por un instante la ingenuidad de creer que la literatura sobre vampirismo era una fuente de verdad, pero no se lo dije. Francisco me reveló que había empezado a imaginarme como su esposa y que, si no lo era en vida, bien podía serlo en la muerte.

Recibí el impacto de sus palabras como un golpe. Me puse de pie de repente. Fui hasta la ventana y miré la calle, todavía lúgubre, una boca de oscuridad casi completa. Que hubiera otro como yo, aquí en Buenos Aires… jamás lo había pensado, ni lo quería. Estaríamos ligados para siempre. Y además, mi supervivencia estaría en sus manos. Dependería de él, y ya no solamente de mí, que fuera o no descubierta.

Me di vuelta y le dije, resuelta, que era imposible. Que su destino seguro como médico era morir. Ante mi negativa, Francisco me reveló que siempre había sabido que yo reaccionaría de ese modo, y por eso había tomado sus recaudos. Hizo una pausa, seguramente para provocar mi desesperación. Se incorporó en la cama y me miró con dureza.

—Ayer, cuando percibí los primeros síntomas de la fiebre —confesó—, volví a mi casa con urgencia y me senté a redactar un informe dirigido a la policía. Allí describí a una mujer de tus características, expliqué que se trata de la asesina de mi hermano y agregué detalles sobre las circunstancias del crimen que se cobró su vida. Incluso después de mi muerte, estarán atentos a la aparición de la persona que describo, al menos cuando pase la fiebre. En estas semanas la policía apenas da abasto para hacer certificados de defunción, llevar a los muertos al cementerio, repartir ataúdes. Pero todo eso terminará. Y mientras tanto se han empezado a conformar registros de delincuentes buscados por la ley. Lo miré con furia. Convencida de que podía controlarlo, lo había subestimado. Atravesé un instante de confusión cuando Francisco gritó para llamar a alguien, que aparentemente se encontraba en el fondo de la casa. Pronto aparecieron dos desconocidos que, siguiendo sus órdenes, me agarraron con brutalidad y comenzaron a atarme con sogas. Después de mirar a Francisco, como en una consulta muda, uno de ellos me golpeó con fuerza en la cara. Estaba aturdida. Quizás podía haberme escapado bajo otras circunstancias, pero de pronto me vi inmovilizada en una silla, a la que me ataron también. Cuando dejé de gritar de rabia Francisco me explicó que eran colegas suyos, y que se encargarían de que se tomara mi fotografía para entregarla a la policía junto con la carta en la que él me denunciaba. Después abandonó lentamente la habitación, aferrado al brazo de uno de sus colegas, y le indicó al otro que me vigilara. Era un hombre tosco, de baja estatura, que se sentó frente a mí y me miró con un dejo de miedo.

Me desbordaba la ira. Quería destrozarlos a todos sin demora, pero no podía mover las manos, sujetadas con fuerza a mis espaldas, y bajé la cabeza, vencida por un sentimiento desconocido.

En Europa me habían llegado noticias de la existencia de morgues a las que iban a parar los cadáveres que eran estudiados para detectar, a través de la observación de los cuerpos, la causa de la muerte. Se trataba de una ciencia que avanzaba lentamente pero que tarde o temprano me traería la ruina, echando por tierra el misterio en el que estaba envuelta mi existencia y que me protegía. Seguramente no tardaría en fundarse algo parecido en Buenos Aires. Si me descubrían, no solo sería un objeto de curiosidad y un desafío para la ciencia, sino también una condenada. Me lo imaginaba todo: mi cuerpo desnudo expuesto en un museo, o ilustrando las páginas de un libro de ciencia. Mi cabeza metida en un frasco con formol, cortada por el cuello, la piel endurecida y plegada como un cuero, la boca abierta y exhibiendo los colmillos para espanto del mundo, para que supieran que todas las historias que habían leído y escuchado no provenían de la imaginación febril de hombres y mujeres alucinados sino de la existencia de una especie secreta. De que ese secreto se mantuviera como tal dependía mi supervivencia. Y después de siglos de fuga, de huir como un animal despavorido del que nadie había podido comprobar su existencia, ahora pretendían tomar mi retrato con una máquina odiosa, que me arrancaría de las tinieblas para arrojarme a la sordidez de las noticias o someterme a la legalidad humana.

Pasé la noche entera sentada allí. Mientras el amigo de Francisco dormitaba en su silla, intenté deshacer los nudos que me inmovilizaban, pero era imposible. Francisco entró y salió de la habitación en varias oportunidades; en algunas se limitó a mirarme, en otras se acercaba conciliador y me repetía que dependía de mí salir de la situación en que me hallaba, que podíamos hacerlo juntos. En un momento se arrodilló frente a mí y me puso la cabeza sobre la falda, invocó las noches que habíamos pasado juntos y cómo, sabiéndolo a medias, él me había permitido alimentarme. Mi única respuesta fue mirarlo con desprecio, mientras le examinaba la piel y los ojos para detectar el avance de la fiebre, el tiempo que faltaba para verlo morir.

Por la mañana temprano llegó el fotógrafo con su ayudante. Era un hombre viejo, con marcado acento italiano, que cargaba una pesada caja de madera. La apoyó sobre un trípode y la puso frente a mí. Explicó que se requería un momento de inmovilidad para que se pudiera tomar mi retrato, y el propio Francisco tuvo que amenazarme con un escalpelo para que me quedara quieta. Estaba dispuesto, según me dijo entre susurros, a hundírmelo en el corazón si era necesario.

El viejo y su joven ayudante nos miraban atónitos y apenas se atrevían a decir palabra; sin embargo, adiviné que se irían con su dinero y no se preguntarían demasiado sobre el extraño evento al que estaban asistiendo, en esta ciudad donde la normalidad había sido derrocada y donde seguramente pasaban los días fotografiando deudos y cadáveres.

El italiano y su joven ayudante cerraron las ventanas para oscurecer la sala. Mientras el viejo colocaba la cámara a una distancia que le pareciera adecuada, a sus espaldas el joven manipulaba una serie de frascos y placas que tintineaban bajo sus manos nerviosas. El fotógrafo se volvió hacia él y le ordenó que tuviera cuidado, pero el muchacho temblaba a tal punto que algún tipo de líquido se derramó. Siguió una discusión a media voz entre el jefe y el ayudante, de la que capté palabras sueltas como "nitrato" y "colodión"; luego el italiano anunció que el joven debía retirarse a su estudio a buscar otra provisión de materiales, y el ayudante abandonó la casa.

Demoró menos de una hora en regresar, que apenas percibí, hundida en mi rabia, y mientras mi mente buscaba descontrolada la manera de evitar ese retrato maldito. Las ventanas se cerraron una vez más, el joven llevó a cabo ciertos procedimientos que no llegué a comprender y, cuando las volvieron a abrir para iluminarme, el fotógrafo se colocó debajo de un lienzo negro que pendía de la cámara y me dijo que me quedara quieta. De modo que estaba sucediendo; todos mis intentos por mantenerme en las sombras se arruinaban con la sola existencia de esa fotografía, que me convertiría no solo en un ser real, existente, con un nombre aunque fuera falso, sino en uno que podía archivarse bajo una acusación de asesinato, sometido a la ley de los hombres. Empecé a moverme enloquecida en la silla pero Francisco, de pie contra una pared y a pocos pasos de mí, hizo relumbrar fugazmente el instrumento con el que pensaba rebanarme el cuello. Todo mi odio se concentró en el cuerpo enfermo de mi amante, convertido en un ser vil, dispuesto a hacer cualquier cosa con tal de salvarse.

Cuando el fotógrafo y el ayudante se retiraron, me quedé a solas con él, que recorría la habitación con pasos débiles y de vez en cuando necesitaba recostarse para recobrar las fuerzas. Me repitió, según dijo por última vez, que todavía estaba a tiempo de salvarme; podíamos escapar juntos. Pero yo ya no lo escuchaba, obsesionada con la existencia de esa foto.

Las horas pasaron lentamente; por la tarde, uno de sus colegas llegó a visitarlo. Traía la imagen ya revelada. Se la entregó a Francisco, que destrozó el envoltorio y sostuvo el retrato entre sus manos durante varios segundos. Luego me lo acercó. Nunca, en los largos años de mi existencia, había experimentado un golpe así. Desvié la mirada, pero

Francisco me obligó a enfrentarme con el retrato de forma oval, que estaba enmarcado en una especie de libro de cartón. No podía decir que era yo; había una mujer, una criatura, con una desesperación en la mirada que ni siquiera recordaba haber sentido alguna vez. No podía soportar que esa imagen existiera; era brutal. En cuanto pude, cerré los ojos. Las siguientes horas transcurrieron en silencio, me dejaron sola. Francisco sabía que no le quedaba mucho tiempo; imaginé que lo usaría para ocuparse de su testamento, para dar anuncio a su familia o intentar, con los escasos tratamientos disponibles, que la fiebre no se lo llevara.

Esa tarde envió a uno de sus colegas, que yo había conocido el día anterior, a vigilarme. Era muy joven, se presentó como Marcos y dijo que Francisco le había dado instrucciones de que no me mirara. Se veía avergonzado por su participación en eso que no podía llamarse más que secuestro. Así se lo dije, no con furia sino con tristeza y, al verle una mirada de compasión, vislumbré una oportunidad. Lo miré intensamente a los ojos, le dije que Francisco no estaba en sus cabales, que la fiebre lo había afectado y que en un momento de semejante urgencia él, en lugar de cumplir con su deber en las calles, estaba aquí, violentando a una mujer. Vi cómo su rostro mudaba, cómo aparecía en él la sombra de la protección y del deseo. Le pedí que se acercara y le sonreí, sin dejar de mirarlo a los ojos. En pocos minutos me estaba desatando, justo cuando Francisco entraba en la habitación y, al ver que me liberaba, le gritaba que no lo hiciera. Todo sucedió muy rápido. Aprovechando su debilidad y el desconcierto de su amigo, abandoné la casa y hui hacia la calle. Corrí calle abajo sin parar; no me detuve ni siquiera cuando escuché la voz de Francisco que gritaba el que creía era mi nombre. De alguna manera, a pesar de la fiebre, había encontrado la fuerza para seguirme. Seguí corriendo desesperada hasta que, al doblar una esquina, un carro fúnebre tirado por dos caballos me salió al encuentro. Las bestias resoplaron y se retorcieron bajo el fuerte tirón de las riendas con que el cochero alcanzó a frenar antes de chocarme. Sin vacilar, lo miré amenazante y desarmé el atalaje de uno de los caballos, lo agarré con fuerza de las crines y monté a pelo; le clavé las botas en los flancos con brutalidad y lo llevé galopando en dirección al sur. No miré atrás.

Todavía estaba atravesando los suburbios barrosos cuando, después de cruzar el Riachuelo, sentí a mis espaldas el ruido de los cascos de otro caballo que se acercaba. Una voz le gritaba para que corriera más rápido; era la de Francisco. Volví a golpear los talones sobre el cuero de ese animal que tardaba en reaccionar, poco acostumbrado a la velocidad y a correr libre. Francisco se me puso casi a la par; en un momento pensé que se caería del caballo debido a la debilidad que visiblemente le doblaba el cuerpo, pero se mantenía erguido.

Adelante se abría, polvorienta, la llanura, solo pasto hasta donde la vista alcanzaba a ver, cortada apenas por un árbol solitario. Al fondo el sol caía despacio mientras empezaba a teñir con sus rayos cielo y tierra, fundidos en el horizonte. Presentí que la bestia sobre la que estaba cabalgando no podría mantener la carrera mucho más, pero no hubo tiempo para comprobarlo porque una mano brutal me agarró por la espalda y me tiró del caballo. Caímos enredados, Francisco y yo, con un golpe que nos dejó aturdidos, y pude ver a nuestro lado a uno de los caballos que aplastó la tierra con el cuerpo retorcido y las patas hacia arriba.

El polvo que se desprendió ante la caída del animal se me metió en los ojos y me dejó ciega por un instante; cuando me recuperé vi cómo Francisco, cubierto de polvo también y con los ojos arrebatados de fiebre, se abalanzaba sobre mí. Me aplastó sobre el suelo antes de que pudiera impedirlo. No entendí qué trataba de hacer hasta que me clavó los dientes con fuerza en un hombro y supe que quería a toda costa alimentarse de mi sangre. Me imitaba, en un último intento desesperado por escaparse de la fiebre y convertirse en una criatura de la noche. Era una locura. Me enardecí. Me lo saqué de encima con una patada en el estómago y, cuando estuvo tendido sobre el piso, retorciéndose de dolor, me paré a su lado y lo empujé para que quedara boca abajo. Entonces lo hice arrodillar y me puse detrás de él.

Los dos de frente al sol, estábamos envueltos en el sonido de nuestros propios jadeos, agigantados por el silencio. Me encandilaron ese fuego en el horizonte, que empezaba a recordar a la sangre, y el rosado espléndido del cielo.

En un segundo todo había terminado: hundí en el cuello de Francisco la uña del pulgar, afilada como una garra y, con un movimiento veloz, le abrí un tajo del que brotó la sangre. Entonces aflojé el puño y el pelo de Francisco, que tenía agarrado con fuerza, se me escurrió de entre los dedos. El cuerpo se desplomó y cayó hacia adelante, sobre un charco que crecía con rapidez.

Me quedé mirando el horizonte.

Al fondo del desierto, el sol se volvió una línea imperceptible que se hundió en el azul. Todo parecía detenido. El canto de un pájaro desconocido rompió el silencio. Pensé que yo también podía adentrarme en la llanura. Uno de los caballos se había perdido de vista pero el otro permanecía inmóvil, como expectante, más allá del cuerpo sin vida de Francisco.

No supe qué distancia me separaba de la ciudad, pero sí que no había ninguna razón para volver. Ni tampoco ninguna para incursionar en el desierto, donde pronto me encontraría, era de suponer, con las tolderías de los indios. Acaso comprenderían mi naturaleza y me dejarían en paz, o aprendería a vivir otra vez como una fiera, o me hundiría, como una leyenda, junto a ese mundo salvaje. No lo sabía. Di media vuelta, fui hasta el caballo que había quedado cabizbajo, resoplando con suavidad, y lo monté. La oscuridad crecía, pero allá lejos me orientaban las luces débiles de la ciudad.

Tendría que buscar dónde esconderme y esperar. A que pasara el peligro que representaba la denuncia de Francisco, a que pudiera inventar otra manera de alimentarme, o hallara la manera de encontrar y destruir la prueba de que yo existía.

Capítulo 7

Era de noche cuando alcancé los límites de la ciudad. Me dirigí sin pensarlo a la casa en la que había pasado las últimas semanas pero, al doblar en la calle Defensa, tuve que detenerme. Dos oficiales de policía estaban apostados en la puerta; conversaban con el colega de Francisco que me había custodiado el día anterior. Clavé las botas en el vientre del caballo para que apurara el paso por una calle lateral. Entonces Francisco había dicho la verdad: me buscaban.

Unas cuadras después abandoné al animal, con un golpe fuerte en la grupa para que huyera, y tomé una calle paralela para volver en dirección a la casa. Al menos quería recuperar los objetos que había dejado en un alhajero, en la habitación que usaba. Era un poco ridículo en mí, que había llegado a la ciudad con las manos vacías, y del mismo modo había cruzado media Europa en fuga. Pero a medida que el mundo me iba arrinconando, los objetos se volvían más importantes.

Entré a través del tercer patio. Ya era de noche, y no fue difícil deslizarme hasta la habitación. Allí estaba el alhajero, tal como lo había dejado. Casi vacío, pero contenía los escasos tesoros que había logrado conservar. Tomé también una capa, me envolví en ella y salí por la parte trasera de la casa. Empecé a caminar por el empedrado en dirección a la Plaza

Victoria; el reloj del Cabildo golpeó en aquel momento la una de la madrugada, y el eco de la campana se extinguió en el silencio de la noche. En la calle solitaria los faroles de gas formaban una senda de luces débiles que llegaba hasta el Retiro. Por la calle de Rivadavia bajé hasta el río, que me salió al encuentro como un límite.

¿Adónde ir?

Con la mirada perdida en el extenso muelle donde ahora desembarcaban los pasajeros, percibí que un viento desacostumbrado se levantaba en la costa. Parecía venir desde muy lejos, mar adentro. Estaba frío. El invierno se estaba posando sobre la ciudad. Había solo un lugar en el que me imaginaba posible esconderme, un lugar que casi me llamaba. Al que no me llevarían en un carro que traqueteara por las calles, ni metida en un cajón, pero que parecía por primera vez adecuado para mí, en la profunda melancolía de ese comienzo del invierno que era también el fin de algo.

Yo había tratado de reclamar mi lugar entre los vivos y ahora me veía empujada a la ciudad de los muertos, a reconocer mi pertenencia al sepulcro. De modo que fui al Cementerio del Norte, donde buscaría refugio durante un período de tiempo que me resultaba incierto.

La bóveda de la familia de Francisco y Joaquín, lo sabía bien, iba a quedar abandonada. El cuerpo de Francisco, expuesto al hambre de las bestias, no aparecería jamás; muertos ya los padres y todos los hijos, la familia se extinguía. Además era, suponía, el único lugar al que no irían a buscarme: a la tumba de mi presunta víctima. Estaba claro que el informe de Francisco había causado efecto entre sus colegas y conocidos, al punto de que ni siquiera el caos de la fiebre amarilla había impedido iniciar una búsqueda. Había subestimado el poder de su apellido, el mismo que estaba escrito en piedra sobre la puerta de la bóveda en la que me deslicé esa noche.

Construida para imitar una capilla gótica, con arco ojival en el frente y una cruz que dominaba por encima de un rosetón de factura muy simple, era un edificio de la época en que las estatuas todavía no habían empezado a hacer del cementerio esa especie de museo que sería después. La puerta de doble hoja, en hierro y cristal, daba a un pequeño recinto con ventanas ojivales. Al fondo había un altar y frente a él, un escalón de mármol para arrodillarse ante el Cristo, que pronto arranqué de la pared. El de mi tumba sería un altar frente a la nada. A la izquierda, dos vitrales de cristal de Murano teñían el ambiente de colores a cierta hora de la tarde. A la derecha una escalera estrechísima, bordeada por una baranda, llevaba al subsuelo.

El cambio de temperatura era sensible al bajar la escalera. Abajo todo era frío y humedad, ese clima denso, particular, que proviene de estar bajo tierra. La mitad del espacio, contra la pared izquierda, estaba ocupado por estantes que contenían ataúdes lujosos, en maderas nobles ahora cubiertas de polvo y deslucidas por el tiempo, excepto el más reciente. El otro lado no, y al parecer se había dejado el lugar libre para completarlo con estantes a medida que fuera necesario de modo que, a diferencia de otros mausoleos, era posible moverse en el interior.

No dilaté la tarea de deshacerme de los cuerpos; me resultaba indigno compartir mi sepulcro con cadáveres humanos. El impulso de conservar el de Joaquín era fuerte, pero también ilusorio: más tarde o más temprano lo vería deshacerse en las fauces de larvas y gusanos. A la luz de la vela que había dejado en mi primera visita vacié tres de los cajones de sus restos, ya reducidos por la putrefacción, y los puse en el de Joaquín, encima de su cuerpo, que no había cambiado mucho excepto por el retraimiento de los labios sobre las encías, por el hundimiento de los ojos en sus cuencas. Luego cerré el cajón y lo arrastré escaleras arriba, y por los pasillos del cementerio, hasta encontrar una bóveda que estuviera abierta. Era una noche de luna nueva; la oscuridad me amparaba. Cuando encontré un mausoleo con un vidrio roto en el frente y señales de abandono, forcé la puerta para entrar con el cajón. Había lugar, en el subsuelo, para uno más.

Ahora disponía de una bóveda y ataúdes vacíos que eran, sin su contenido original, cofres. En el más cercano coloqué el alhajero que traía conmigo, la capa en la que me había envuelto al huir, los botines acordonados. A partir de entonces iría descalza. Me saqué las horquillas del pelo, los pendientes, y los dejé en el alhajero también.

Aquella fue la primera vez que dormí en un ataúd, lujoso, de ébano, con olor a madera nueva. Lo vi a través de una ventana, en el depósito del cementerio, y decidí que sería el mío. Era insólito que un objeto tan lujoso estuviera ahí, sin uso, en plena peste, cuando los cajones escaseaban. Seguramente estaba destinado a alguien muy rico. Lo saqué a medianoche, mientras el único vigilante que estaba haciendo guardia dormía sobre una silla. El interior estaba revestido de seda blanca y tenía un pequeño almohadón cuadrado, de la misma tela, en el lugar en que se apoyaba la cabeza. Las manijas eran de bronce, labradas con sencillez, y tenía una cerradura ubicada a un costado de la tapa. Busqué la llave en el interior: estaba guardada en una especie de bolsillo abierto en la funda de seda y sostenida a la tela por una cadena corta de modo que la cerradura, imaginé, pudiera ser accionada desde adentro por alguien que hubiera sido enterrado vivo. El ataúd estaba apoyado sobre una pared en un depósito y el vigilante que dormía a unos pasos de distancia, seguramente agotado por noches en vela, no se inmutó con mi presencia. De todos modos le asesté un fuerte golpe en la cabeza antes de llevarme el cajón, entre cruces que señalaban al cielo.

Mientras lo arrastraba hacia mi bóveda, a través de la noche silenciosa, alguien me vio. Una figura surgió de entre las sombras y se quedó inmóvil frente a mí. Tenía ropa de trabajo y me observaba extrañado. Imaginé lo que pensaba: que sería una viuda, o una madre doliente, robando un ataúd para enterrar en él a un ser querido. Pero al mismo tiempo, lo supe por la forma en que miró mi ropa, había algo que lo desconcertaba en mi vestido de fiesta desgarrado, mis pies descalzos. Decidí arriesgarme; lo miré fijo y le ordené que me ayudara. Tembló ligeramente, pero lo hizo. Se agachó para tomar la manija al otro extremo del ataúd, y me preguntó en qué dirección llevarlo. Lo guie hasta mi tumba.

Se llamaba Mario; había llegado unos meses atrás desde Italia a través del océano, tan ignorante de su destino como yo misma unos años atrás, y desde entonces estaba empleado en el cementerio. No le disgustaba el ambiente macabro en que se desarrollaban sus días; había algo en él, cierta indiferencia ante la muerte, parecida a la de un niño, que me hizo intuir que no me delataría. Frente a la puerta de mi bóveda, preguntó si necesitaba ayuda para colocar el cuerpo en el cajón. Dije que sí. Lo bajamos juntos, con cierta dificultad, por la escalera demasiado estrecha y cuando estuvo en el subsuelo, apoyado en su estante, le pedí a Mario que sostuviera la única vela con la que contaba, y me ubiqué en el interior. Me miró horrorizado y trató de impedirlo, de modo que se lo conté todo. En el tiempo que tardó en consumirse la vela, le expliqué lo que era y de dónde venía, por qué necesitaba ocultarme, por qué me perseguían, y mientras me miraba arrobado vi cómo el espanto cedía lugar a otras sensaciones más convenientes para mí. Ni siquiera las semanas de fiebre o las oleadas de cadáveres lo habían preparado para una revelación semejante. Era joven, llevaba el pelo negro rizado y un bigote incipiente sobre los labios. Mientras escuchaba mi relato permaneció sentado en el suelo con las piernas cruzadas, la gorra apretada entre las manos. Por fin me miró con vehemencia y me preguntó si lo mataría. Le ofrecí un pacto: si prometía guardar mi secreto, a cambio le juraba que no iba a tomar su sangre y mucho menos su vida. La luz de la vela se extinguió. Desde la oscuridad, y antes de abandonar la bóveda con cierto nerviosismo todavía en el cuerpo, su voz asustada susurró que aceptaba.

En las noches que siguieron deambulé por la ciudad, con mucho cuidado, para entrar en casas que todavía estuvieran deshabitadas. De una de ellas me llevé dos candelabros de bronce con tres portavelas, muy trabajados, cuyos brazos imitaban ramas con brotes nuevos que se retorcían sobre sí mismas. De otra, más lujosa aún, una manta de pana con guardas galonadas, dos candelabros de plata españoles y una provisión de cirios, además de un espejo pequeño de pared con el marco ricamente labrado, que me devolvería la imagen de mi inexistencia. Después regresaba al cementerio y buscaba mi tumba, empujaba la puerta suavemente y solo entraba después de mirar hacia uno y otro lado, para asegurarme de no ser vista.

Pronto descubrí en el subsuelo de la bóveda una corriente de aire imperceptible que venía desde el otro lado de la pared, al ras del piso. Eso significaba que habría algún tipo de canal de ventilación detrás de la pared; además, cuando comencé a golpear con los nudillos, tuve la certeza de que al otro lado era hueco. Esa misma noche recorrí el cementerio buscando alguna herramienta que me sirviera para derribarla y entre bóvedas y mausoleos, algunos de los cuales estaban en construcción, encontré una masa. Ansiosa por descubrir el secreto al otro lado de la pared, la arrojé con fuerza contra los ladrillos, una y otra vez, hasta abrir un hueco por el que pude meter la cabeza y una vela encendida. Se trataba de un espacio abovedado, tres o cuatro veces más grande que el subsuelo, con techo de ladrillos. Dos de las paredes eran de tierra oscura, mojada. Era una especie de sótano o gruta, ciego, que no daba a ninguna parte, y que en algún momento de la ampliación del cementerio había quedado clausurado.

Lo convertiría en una guarida exquisita, casi un templo, pero era necesario amortiguar de algún modo su aspecto salvaje. Recordé el hermoso terciopelo rojo que, plegado y vuelto a plegar, servía de telón en el escenario del Teatro de la Victoria, al que me había escabullido una vez para espiar el ensayo de una ópera, y no tardé en ir a buscarlo. Solo uno de los paños fue suficiente para revestir las paredes, que así adquirieron el aspecto de una funda que se replicaba en la seda de mi ataúd. En el techo siguió a la vista la bóveda de ladrillos, que le daba a todo el recinto un aspecto circular. Las paredes, ahora rojas, me recordaban a la sangre, pero era sangre domesticada. Y en un rincón, sobre una pila de escombros, el espejo reflejaría la luz de los candelabros durante noches de silencio y de sed, arrulladas por el movimiento hipnótico de las llamas.

Por las noches, sentada frente a esa superficie que no me devolvía más que el resplandor débil del recinto, experimenté una y otra vez la soledad multiplicada, la imposibilidad de verme. Apenas puedo explicar cómo es hundir la mirada en un reflejo donde falto. Creo que incluso alguna vez, en el contacto con la humedad que descubrí en mis mejillas, supe lo que eran las lágrimas, y la vergüenza de ser incompleta. Recordaba también esa imagen maldita que me habían arrancado, con tanta violencia como los hachazos habían caído sobre las cabezas de mis hermanas, y temblaba de furia, al punto de querer destruir esa guarida que me había inventado y salir a matar. Podía hacerlo. A mí también me habían arrancado la cabeza. En algún lugar de la ciudad estaba guardada esa aberración, y tarde o temprano la encontraría.

Pero tenía un refugio, mientras tanto, y fui sumando objetos a esa pequeña colección que bastaba para sugerir cierto lujo, algo que me distrajera de la pobreza de no poder siquiera alimentarme según mi deseo. Después conseguiría una bandeja de plata, copas de cristal labrado, una botella de cristal con un licor color madera que, bajo la luz tenue de las velas, brillaba con reflejos de ópalo. Nunca lo bebí, pero había algo de esa cualidad de roca convertida en líquido, en luz, detrás de la fragilidad de los cristales, que me complacía.

Por la noche mi bóveda era una cueva suavizada por los leves destellos de la materia, sin bordes, en el resplandor primitivo de las velas. Me sentaba ante el fuego para perderme en la danza de las formas. Pensaba en la sangre, su tibieza, su aparente abundancia cuando se derramaba y en cómo sin embargo, cuando la vida se iba junto con ella, se revelaba escasa. Imaginaba torrentes de sangre en los que hundir las manos, sangre que fluyera, que bajara por las paredes como ese paño de terciopelo, que me inundara. Podía recordar mis manos bañadas en sangre si cerraba los ojos, o vislumbrar esa boca manchada de rojo que nunca había visto, las fauces de un animal de caza. Esa voluptuosidad perdida… Comprendí que, aunque el recuerdo me resultara odioso, aquellos lejanos años en el castillo de mi Hacedor habían sido los únicos en que había podido alimentarme en abundancia. Que yo necesitaba pertenecer a un mundo donde pudiera disponer de los cuerpos a mi voluntad, y los crímenes quedaran impunes.

Pero a pesar de que yo misma no podía morir, ese mundo estaba muerto. Por primera vez lo veía. Era solo un error que yo hubiera durado tantos siglos, y natural que tuviera que enterrarme. En ocasiones llevaba ramos de flores hasta mi habitación secreta, rosas o claveles que sacaba de otras tumbas, y las esparcía por el suelo a la espera de que alcanzaran el punto exacto de putrefacción, para que esa melancolía me invadiera.

La fiebre terminó, los cadáveres desaparecieron de las calles y los exiliados regresaron a la ciudad. Pasaron los años. Poco a poco dejé de salir del cementerio y, cuando lo hacía, apenas podía reconocer la ciudad a la que había llegado décadas atrás. Cada transformación en ella me indicaba que el tiempo transcurría para todos menos para mí, y en este mundo que se me antojaba desconocido, no estaba segura de poder cazar sin ponerme en peligro. De todas formas lo

hice, algunas veces, porque mi cuerpo se retorcía de desesperación. Conocí la sed como nunca la había conocido, y
la esterilidad de una existencia donde no podía desatar mis
impulsos.

Me crucé con Mario en ocasiones, y cada vez nos li-
mitábamos a mirarnos. Sabía que contaba con su silencio.
Algunas veces salía de mi tumba por las noches y lo buscaba
por los pasillos del cementerio. Si le tocaba hacer guardia,
él me buscaba también y, cuando estábamos cerca, lo sentía
temblar. Me temía, y estaba fascinado. Comenzó a llevarme
flores, que dejaba en mi bóveda frente al altar. Por las noches
caminábamos entre las tumbas y me señalaba cuáles eran
nuevas. Me contaba quiénes eran los muertos, sus familias,
cuánto habían pagado por las esculturas, quién los lloraba.
Me hablaba de su familia, cuyos miembros habían perma-
necido en su mayoría en Italia. Alquilaba una habitación en
un conventillo de Barracas, no lejos del puerto, donde cada
semana llegaban barcos con cientos de inmigrantes. Tenía
un hermano que trabajaba en una empresa de ferrocarriles
y le contaba que por todas partes se tendían nuevas vías,
se construían grandes estaciones; intentaba convencerlo de
que cambiara de rubro a un trabajo más próspero y menos
macabro. Pero él era feliz en el cementerio, y no pensaba
irse jamás.

De a poco comencé a pedirle a Mario que averiguara
dónde se conservaba esa foto que me habían tomado en el
tiempo de la fiebre y prometió que lo haría. Le llevó años.
Como trabajador de clase baja, no tenía acceso a ningún
tipo de autoridad. Tuvo que hacerse amigo de un oficial de
policía, esperar a que este ascendiera, preguntar. Mientras
tanto averiguó que la policía había empezado a emplear un

sistema novedoso para encontrar al responsable de un crimen: al parecer, cada persona tenía en las yemas de los dedos un dibujo distinto, llamado huella dactilar, que no se repetía nunca y era una marca inconfundible que identificaba a cada cual. La policía había encontrado a la asesina de dos niños, sus propios hijos, por las marcas ensangrentadas que había dejado en la escena del crimen, según las palabras del propio Mario. Me pregunté si yo también tendría huellas dactilares; estaba muy oscuro como para estar segura, pero parecía que sí. También había averiguado que, tal como había dicho Francisco, la policía había empezado a crear archivos fotográficos de ladrones y otros tipos de delincuentes. Localizar la foto, me explicó Mario, le llevaría un poco más de tiempo, pero pasara lo que pasara él me protegería con su vida.

Catálogos de delincuentes… La idea de que mi imagen formara parte de un archivo junto a ladrones vulgares, estafadores y asesinos de ocasión me resultaba insoportable. Mario me contaba casos, algunos que leía en el periódico y otros que le revelaba su amigo policía: el francés que había decapitado y desmembrado a un hombre por dinero, y habían logrado identificar al cadáver por sus dientes; el italiano que había matado a varios de sus hijos recién nacidos y finalmente había caído preso, un caso en el que la primera pista que condujo al asesino había sido un trozo de saco, de luto y con varios remiendos, restos de semillas y cigarrillos… Si la ciencia de la investigación criminal efectivamente había avanzado hasta tal punto, ¿cómo podía evitar que dieran conmigo, más tarde o más temprano?

El tiempo de cazar había terminado; no podía hacerlo a menos que me condenara a mí misma a una existencia vagabunda, siempre escapando, sin detenerme jamás. Todas mis víctimas llevaban, y llevarían siempre, las marcas que me delataban. A menos, dijo Mario, que encontrara la forma de obtener la sangre sin morder; podía degollar, hacer un tajo en las venas… Lo miré fijamente y guardé silencio. Solo porque él no conocía, ni podía siquiera imaginar, lo que significaba para mí alimentarme de la forma en que lo hacía, era capaz de una idea semejante. Tampoco comprendía cuál era el peligro real; por más que ejecutaran a los asesinos, no podían matarme. No sabrían cómo. Podían fusilarme contra un paredón y no moriría, pero eso solo haría de mí un espectáculo para las multitudes, estaría en las noticias. Era exponerme lo que quería evitar a toda costa. La idea me resultaba detestable. Mario no terminaba de entender que yo no estaba viva, al menos no como él. No se lo dije.

Mientras hablaba yo le miraba el cuello, que asomaba sobre su camisa blanca, y ardía. Me estaba transformando la sed. Algunas veces me vencía el dolor, que era una puntada aguda. Mario empezó a notarlo y me ofreció su propia sangre, me juró apasionadamente que no le importaba. Yo lo deseaba, claro, pero sabía que si daba rienda suelta a ese deseo lo destrozaría, no me quedaría más que un cadáver hermoso y exangüe, y a él lo necesitaba vivo.

Solo accedí a hacerlo una vez, cuando ya no pude soportarlo. Era una noche clara y salí a buscarlo. Lo encontré sentado en un banco entre las tumbas. En cuanto me vio comenzó a acercarse sin temor, sin pronunciar palabra. Giré para dirigirme de regreso hacia mi bóveda, con el rumor de sus pasos suaves a mi espalda. Me seguía. Cuando llegamos, antes de que pudiera decir nada, cerró la puerta, se quitó la gorra y el saco y se tendió en el piso. En la penumbra vi cómo se desabrochaba uno por uno los botones de la camisa, cómo la abría para dejar al desnudo el cuello y parte de su pecho. Me arrodillé junto a él. Le pregunté junto al oído, por última vez, si estaba seguro, pero se limitó a rodearme la cabeza con una mano y acercarme hacia él. El contacto de mis labios contra su pecho me mareó, no estaba segura de poder controlarme. Permanecí unos segundos sobre él, aspirando ese olor humano que era mi delirio, y me vi a mí misma despojándolo de su ropa, devorándolo como lo había hecho tantas veces con otros cuerpos, hasta el final. No. Con él debía ser distinto. Retrocedí un instante y, cuando sentí que podía dominar el deseo de morderlo, me volví a acercar. Subí lentamente la boca hasta su cuello. Sí, podía morder, podía alimentarme. Lo hice. Le clavé los colmillos y apoyé la mano en su pecho para contenerlo cuando se sacudió de dolor bajo mi boca. Tomé su sangre, pero solo un poco. La mantuve en mi boca y tragué lentamente, saboreando con desesperación esa delicia que solo se me ofrecía en una cantidad limitada. Entonces me aparté con brusquedad, llevándome la mano a la boca y, sin mirarlo, le grité que se fuera. Era una tortura. Quizás era preferible la sed; no sabía, no podía saberlo. Nunca más lo acepté.

Con el tiempo la fascinación de Mario por el cementerio creció más y más. Algunas noches solo entraba a mi bóveda y, después de bajar la escalera, levantaba la tapa de mi cajón y me miraba. Yo ni siquiera abría los ojos, para no sentirlo, y de inmediato percibía cómo la sed me atravesaba.

Una noche, después de años sin vernos, vino hasta mí. Me tomó de la mano y me hizo salir de la tumba; quería mostrarme algo. Caminamos por pasillos que me resultaron irreconocibles; tantas bóvedas y esculturas nuevas se habían añadido que apenas tenía forma de orientarme. Pero Mario sabía, y enseguida llegamos al lugar: se trataba de una bóveda estrecha, construida entre dos más altas y lujosas como para ocupar el mínimo espacio, en cuyo interior una escultura representaba a un joven cuidador del cementerio en su ropa de trabajo. Lo miré extrañada y entonces me contó que al fin, después de tantos años, había logrado reunir la pequeña fortuna necesaria para comprar la bóveda y encargar que le trajeran de Génova una escultura hecha a su imagen y semejanza. Cuando llegara la hora, dijo mientras miraba embelesado a su propio rostro tallado en piedra, estaríamos juntos.

Capítulo 8

Es mucho lo que no recuerdo; tantos años de vagar por la Tierra hacen que mi memoria sea igual a la noche, en la que solamente algunas cosas se destacan con claridad. Pero me acuerdo de ella, porque fue la última vez que tomé sangre viva.

Estaba empezando un nuevo siglo.

La ciudad se había extendido alrededor del cementerio para engullirlo; ni las noches ni los días eran ya tan silenciosos. Inmigrantes, tranvías, carros, los motores espásticos de los primeros automóviles y sus bocinas conformaban una ciudad sonora que yo podía escuchar, aunque no siempre la viera. Pero esa noche llovía con furia, una de esas tormentas casi tropicales que inundaban algunos sectores de la ciudad y la dejaban expuesta, como antes, al barro. El ruido del agua contra el suelo me llegaba amortiguado.

De pronto, entre medio de los truenos, lo pude oír. Estaba acostada en mi ataúd, en una suerte de letargo producido por el hambre y la falta de estímulos, cuando un sonido infrecuente me erizó el cuerpo. Abrí los ojos. Eso, eso que estaba oyendo, era lo que rara vez se escuchaba en el cementerio después de la hora en que los cuidadores y sepultureros terminaban su jornada y se retiraban. En medio de la noche escuché claramente, y casi parecía crecer a medida que lo identificaba más allá de toda duda, ese golpe del corazón en su caverna: los latidos.

No vacilé en salir a la superficie para buscarlos. Casi destrocé la tapa del cajón, subí de un salto la escalera que me separaba de la entrada y abrí la puerta, desesperada por algún impulso que no entendía. No era solamente el hambre. El ritmo de esa cavidad plena de sangre llegaba desde el otro extremo del cementerio, que atravesé a toda velocidad, exaltada porque se trataba de un corazón vivo. Por un instante, brilloso, rosado, lo imaginé. El agua se derramaba con furia sobre las bóvedas, a las que iluminaba de a ratos algún relámpago quebrado y amenazante. Cuando se hacía la luz, también se iluminaba el cielo, portentoso, una masa inyectada en la que la violencia discurría fuera de control. Enseguida estuve empapada, con el largo vestido adherido al cuerpo.

Era una bóveda común, sin señas particulares. Sin imágenes. Abrí la puerta de un golpe y en un segundo tuve las manos sobre el féretro. Estaba ahí. Lo sentía, junto con el llanto y esa voz que, entre gemidos, imploraba auxilio. Las dejé apoyadas un momento, cerré los ojos para gozar nada más que del sonido de ese corazón que ya era mío. Me lo entregaban encerrado en una caja.

Sin dejar de escuchar esos latidos que resonaban en mi propio cuerpo de una manera nueva, inundándolo de sensaciones largo tiempo olvidadas, salí de la bóveda y recorrí el cementerio bajo la tormenta en busca de algún objeto que me ayudara a abrir el preciado tesoro. En un depósito ubicado al fondo, y donde yo había visto a Mario guardar sus elementos de trabajo en más de una ocasión, encontré un hacha y un martillo, y volví enloquecida hacia la tumba

tan deseada. Amparada por el ruido de los truenos, destrocé
los bordes de la tapa del cajón, golpeándolos una y otra vez
con el hacha, y lo abrí.

Allí, llorosa, aterrada, yacía una muchacha a la que habían sepultado con el pelo suelto y un traje blanco que podía haber sido el de una novia; me miró suplicante y, en su
confusión, no llegó a pedirme que la ayudara. Acaso imaginó que estaba alucinando. Se había lastimado las manos
y la cara en sus intentos por escapar del cajón, seguramente
presa de los nervios. Estaba desencajada, el corazón empujaba enloquecido y sus pechos se adivinaban, desnudos y
cercanos, bajo la fina tela de su vestido. Miré su rostro;
varios rasguños en carne viva le cruzaban las mejillas. La
sangre, ahí... No lo pensé ni por un segundo, no pensé
nada; bajo su mirada de horror, caí sobre ella y le clavé los
colmillos en el cuello mientras sujetaba los brazos que trataban de rechazarme, crispados. Bebí como hacía años no
bebía, con una mezcla de desesperación y alivio que me hizo
temblar, mientras mi ropa mojada se me pegaba a la piel y
el pelo goteaba sobre el pelo de ella, mojadas las dos con la
sangre, la lluvia, la saliva que deposité sobre ese cuello. De
vez en cuando un relámpago iluminaba la bóveda y me la
mostraba así, frenética, bañada en su propia sangre. Estaba
fuera de mí, y cuando la muchacha, que se revolvía bajo
mi cuerpo, se debilitó y cedió su resistencia, me clavé una
uña en mi propia muñeca y la puse sobre su boca para que
bebiera la sangre que comenzó a brotar. Sacudió la cabeza
para tratar de evitarlo, pero fue en vano. A medida que
perdía la consciencia contemplé, con los ojos ardiendo, esa
boca manchada de rojo que se ablandaba hasta quedar entreabierta, como en un suspiro.

La había bautizado con mi propia sangre, la más venenosa de entre todas las especies. Toda la noche permanecí junto a ella, aguardando la transformación y el momento en que despertara por primera vez, a mi lado, una criatura parecida a mí.

Lo que había pasado solo lo supe varios meses después, cuando ella se dignó a hablarme.

Se llamaba Leonora. Era la hija mayor de una artista italiana que, al poco tiempo de emigrar a Buenos Aires, se había casado con un caballero de buena familia, un heredero y dueño de estancia que tenía veleidades de escritor y había muerto cuando la hija apenas aprendía a hablar. Lo recordaba como en una bruma pero siempre lo había añorado porque, a partir de su muerte, había quedado a merced de la madre, una mujer dura, que nunca había demostrado mayor interés en la hija y mucho menos cuando esa hija se convirtió en una mujer hermosa, a la que veía como una rival.

Leonora había crecido entre sirvientes e institutrices; pasaba largos períodos en el campo, donde disponía de toda la libertad a la que una niña podía aspirar, y sin embargo se aburría. También se aburría en la ciudad porque era una mujer y, a diferencia de su padre, no le permitían irse a estudiar a Europa. Los hábiles intentos de la madre por limpiar una fama de artista y mujer de muchos amantes, que la sociedad porteña nunca había visto con buenos ojos, incluían destinar a la hija a una existencia mucho más puritana de la que ella misma había vivido. Leonora también la envidiaba; mientras que ella no contaba más que con la juventud, una posesión que se marchitaría pronto, la madre había estado casada solo un año con su padre y luego había disfrutado de una posición de viuda rica, dueña de su casa y su fortuna, que incluso había atraído con su carácter independiente a uno de los políticos más prestigiosos de su época, con el que había tenido un hijo. No había lugar para Leonora en esa nueva vida construida en torno del hijo varón, y la madre simplemente la dejaba librada a su suerte, a pasar tiempo con amigas de su misma clase y tratar de que la quisieran. Al menos eso había pensado Leonora hasta que, unos meses atrás, había empezado a sufrir repetidos desmayos.

Cuando estaba tomando sus lecciones de dibujo, o acodada en un palco del teatro, simplemente se desvanecía, y luego de esos episodios no guardaba el menor recuerdo de lo sucedido. Los médicos que la examinaron no habían encontrado explicación y le habían sugerido, como solían hacerlo ante cada malestar de la gravedad que fuera, que pasara una temporada en el campo. Leonora se negaba con vehemencia: Esa, estaba segura, debía ser la manera que tenía su madre de sacársela de encima: siempre la mandaban al campo. Y en el campo no había nada. Así que Leonora había decidido quedarse en la casa de la madre, ya que no podía llamarla suya, cada vez más suspicaz, más cargada de malos presentimientos, más atenta a los pasos sigilosos frente a la puerta de su cuarto que la despertaban algunas noches o a los ruidos que, impidiéndole dormir, la habían persuadido de tomar los somníferos que el médico de la familia le recetaba.

La noche de su cumpleaños número dieciocho, por fin, estaba sentada frente al espejo de su tocador; la criada terminaba de arreglarle el peinado y ella se colocaba los pendientes que había elegido para asistir a una gala en el teatro cuando de repente había sentido el cuerpo muy pesado, imposible de sostener, y todo se había puesto negro.

Hasta ese punto llegaba la historia de Leonora. Cuando se despertó, ya no era humana. Me la había contado en una andanada de palabras cargadas de odio, desesperadas, y no había vuelto a hablarme nunca. La noche en que la convertí, después de retorcerse en su ataúd bajo los efectos del veneno, el cuerpo se había rendido y, al cabo de unas horas de la inmovilidad más profunda, había abierto los ojos. Mirostro fue lo primero que vio, y prorrumpió en alaridos que debí sofocar para que no resonaran en todo el cementerio.

Nunca quiso cazar, ni alimentarse. Esa misma noche yo, su Hacedora, le revelé lo que era, lo que éramos las dos, y sentí como un golpe sobre el rostro todo el odio que se concentró en su cuerpo. Gritó durante un tiempo demasiado largo, con gritos ahogados, y lloraba con tanta violencia que el llanto la hacía doblar sobre su estómago. Yo permanecí inmóvil y la contemplé hasta el final sin comprender lo que había hecho, ni por qué. Nunca había querido una compañera pero a través de esos años de sed, ya no me reconocía. Y ahora tenía una, que me detestaba.

Durante el breve tiempo de su muerte en vida, Leonora solo sintió asco de sí misma, desprecio por lo que éramos. Yo la deseaba. La mayor parte del tiempo yacía en su ataúd, aletargada, y cuando iba a visitarla sentía cómo el cuerpo se le erizaba, se endurecía ante mi presencia. No quería que la tocara. Mario todavía trabajaba en el cementerio, y decidí contarle sobre Leonora para que la protegiera. También me asistió en la tarea de cambiar el cajón, cuya tapa yo había destrozado, y no pudimos impedir que cierto rumor se esparciera entre los cuidadores: entre susurros, a veces asustados, se contaban unos a otros sobre la muchacha que había sido enterrada viva, y que se despertaba por las noches para vagar entre las bóvedas.

A pesar de eso, algunas noches especialmente oscuras salimos a deambular por la ciudad. Leonora tenía una misión, pero no me di cuenta a tiempo. Íbamos a San Telmo, a Barracas, caminábamos a la vera del río o por la zona del puerto en nuestras túnicas, que pronto cubrimos con sobretodos para no parecer, como imagino que parecíamos, fantasmas. Dos muchachas de largo pelo suelto, pálidas y resecas, que rondaban descalzas por Buenos Aires, y si acaso nos cruzábamos con personas vivas solían desviarse de su camino para evitarnos. Leonora no me hablaba; me dejaba caminar junto a ella porque estaba perdida, o porque ya no le importaba. A veces iba unos pasos atrás, mirándola, y estiraba la mano para tocarle un mechón del cabello que le caía en cascada por la espalda.

Había un parque, construido sobre una barranca, que había sido un lugar preferido por ella en sus paseos de infancia, con avenidas flanqueadas por palmeras y enormes jarrones de estilo francés, un lago con una pérgola y, más atrás, las torres de una iglesia ortodoxa. Leonora caminaba entre las plantas, o descansaba lánguida sobre un banco; a poca distancia, yo la escuchaba suspirar. De vez en cuando pronunciaba palabras que sabía no eran para mí. Sentada bajo los árboles, se veía a sí misma como niña, recorriendo el lugar de la mano de su institutriz. En esos trances recordaba cómo, en medio del desamparo de esos años, se había consolado pensando que cuando fuera una mujer sería libre, ya no dependería de que la amaran o no, de que le dieran permiso para cada ínfima cosa. Y ahora, cuando estaba a punto de alcanzar esa independencia tan codiciada, yo le había robado todo. Por eso Leonora miraba a su alrededor con profunda amargura, los labios apretados de rencor. Era un animal herido, incluso antes de recibir mi mordedura, y yo la sentía inalcanzable.

Una noche caminamos por el Bajo en otra dirección, cerca de la costa, y nos encontramos con una visión fantástica. A espaldas de un enorme edificio de construcción reciente que, según la descripción de Mario, llamaban Casa Rosada, se acababa de inaugurar una escultura que representaba en mármol de Carrara el nacimiento de la diosa Venus, formada de la espuma del mar. Allá arriba, Venus estaba cruzada de piernas y sentada sobre una valva que sostenían dos nereidas desnudas, de cuerpos musculosos. Las cabezas estaban dobladas en el esfuerzo de sostener a la diosa. Las nalgas desnudas de las nereidas capturaron mi atención, tanto como sus pubis lisos, a medida que rodeaba la estatua. Leonora permanecía inmóvil y en silencio, casi de piedra ella misma, y no estaba segura de que pensara lo mismo que yo frente a esos senos de piedra que de pronto me parecían más carnales que los de mi enamorada. El conjunto de las diosas y semidiosas estaba montado sobre rocas salvajes y en la base, hundidos en el agua que contenía una gran valva de bordes ondulantes, tres corceles, con las patas delanteras levantadas, eran dominados en su furia tormentosa por tritones que sujetaban con fuerza las bridas. Desde los senos y los pies desnudos de Venus hasta la furia de los corceles difíciles de controlar, pasando por las cinturas quebradas de las nereidas, una oleada de desenfreno descendía por la piedra y me dejaba clavada en mi lugar, atravesada de un dolor nuevo. Allí estaba, fijado en una obra titánica, todo eso de inexpresable que me había llevado a transformar a Leonora, a seguirla cada noche como una sombra, a saber que la perdería, y sabía que ella, de pie junto a mí y aunque miraba lo mismo que yo, no podría verlo nunca.

Una noche de invierno llegamos hasta la puerta de la mansión en que vivía la madre de Leonora, que se había recuperado con una rapidez sorprendente de la muerte de su hija. Tenía un amante, tenía otro hijo. Era una viuda de buen pasar, y hasta parecía aligerada por la muerte de una hija adulta cuya sola presencia la cuestionaba. Entendí que Leonora había estado esperando este momento. Desde la vereda, paradas una junta a la otra en nuestras túnicas mortuorias, pudimos ver cómo brillaban las luces en las ventanas del primer piso y cómo, por unos segundos que fueron eternos, quizás atraída por algo que no supo identificar, la madre se asomó a la ventana y el cuerpo se le paralizó de terror cuando vio cómo la miraba fijamente desde abajo, erguida y acusadora, la hija muerta.

Leonora le dejaba por delante una vida de pesadillas pero, cumplida su venganza, ella misma no tenía más propósito sobre esta tierra. A punto de perder la razón, llena de odio por la criatura que la había convertido, eligió terminar con esa muerte en vida y una noche descubrieron el cuerpo bañado en sangre dentro de su féretro. Se había perforado ella misma el corazón, como si hubiera tallado una piedra con una estaca y un martillo. La familia supo del hecho, que heló de espanto a los trabajadores del cementerio, y pagó una buena suma de dinero para que nunca trascendiera. No pudieron impedir, de todas formas, que surgiera una leyenda, y la escultura que colocaron a la entrada de su bóveda no hizo más que alimentarla: una joven de largo pelo suelto, con pies desnudos que asoman bajo los pliegues de su túnica, apoya la mano sobre la manija de una puerta, no se sabe si para salir o para entrar. Pero yo lo sé. Y también lo supo, hace un siglo, el cuidador del cementerio que me vio cuando franqueaba, una y otra vez, la entrada de la bóveda de Leonora, para contemplar una vez más a esa muchacha que se había fugado.

La tristeza me venció, después de un abismo de tiempo en el que era tanto lo que se había destruido, y quise asegurarme de que no volviera a suceder. La sangre de esas muchachas... lo único bueno que había para mí sobre esta tierra... se derramaba, no podía retenerla. Me retiraría a mi bóveda. En medio del dolor, recordé la pequeña llave que colgaba de una cadena en el interior de mi ataúd, y le pedí a Mario que me encerrara. La llave quedaría a su cuidado, lo mismo que el último encargo que decidí hacerle antes de sepultarme: si algún día hallaba por fin esa foto que tanto tiempo había estado buscando, tenía que destruirla por completo, sin dudarlo.

La última vez que lo vi, Mario me acompañó hasta mi bóveda. Bajamos juntos. Me recosté en el ataúd y, alumbrados por la lámpara que había llevado, le mostré la pequeña cerradura en el costado del cajón, y le puse la llave en la palma de la mano. Mientras le cerraba los dedos para pedirle que la guardara bien lejos del cementerio, y que mantuviera mi secreto, noté las arrugas en el dorso de esa mano, la piel más fina.

Miré a mi protector; los ojos eran los mismos pero alrededor la piel estaba surcada de líneas, y el pelo, que alguna vez había sido profundamente oscuro, se estaba poniendo blanco. Comprendí lo que pasaba; era la primera vez que veía envejecer a un humano. Pronto Mario moriría, y le pedí que antes de que llegara ese momento ocultara mi llave en el lugar más inaccesible.

Después me recosté, y me envolvió la noche más espesa.

La oscuridad es absoluta. Tan negra que nombrarla está de más, que tener párpados es indistinto. A los muertos les cierran los ojos, pero es una precaución que suaviza el horror de los vivos. Por lo demás, acá adentro no hay nada para ver, acá no hay nada. El cuerpo en esta funda de madera apenas puede levantar las manos, pero para qué lo haría. Es preciso rendirse.

La quietud es completa. El silencio, un poco menos; ecos que vienen y van, lejanos, a través de las capas de madera, cemento y mármol, lo suelen romper. Pero cuando reposo quieta en mi cajón, con la respiración aletargada, y ningún sonido viene a recordarme que afuera hay un mundo, el espacio se desvanece. El afuera y el adentro son solo uno, oscuro. Me fundo en la negrura indiferenciada de la que a veces emergen criaturas que toman forma, se recortan del fondo, exhiben garras o colmillos. Esa materia oscura sobre la que descansa el mundo.

Oh, las noches que he pasado acá. ¿Cuántas serían?

El tiempo rodó sobre mi tumba. Creo que los años se fugaron. Habrá llovido sobre esta bóveda, y habrá vuelto a quemar el sol. Las hojas se secaron y cayeron de los árbo-les; algunas veces escuché el crujido de esa materia frágil y quebradiza que arrastraba el viento. Las estrellas habrán cambiado su disposición y el sol habrá observado, impasible, cómo la tierra se desplazaba a su alrededor, flotando en el espacio.

El tiempo pasó sobre mí sin tocarme, más que para volverme perceptible en todo caso, cada vez más, hasta qué punto tengo sed. Lo lejos que quedó la sangre. Me he llevado los dedos a la boca para reconocer, en estos labios agrietados, lo que sucede con los cuerpos cuando la sangre no los alimenta. A la muerte pude vencer, a la necesidad nunca.

Ahora yo habitaba el sepulcro, ese mundo subterráneo y sin embargo tan cerca de la superficie, que la civilización había decidido poner bajo tierra. Me hundía en los cimientos de una ciudad excavada por la muerte. No siempre había sido así. Hasta la muerte cambiaba de rostro y tenía un pasado. Lo vislumbraba, lo había aprendido durante mis largos años en la ciudad, y a fuerza de imaginarlo parecía un recuerdo.

Era el año 1580 cuando Juan de Garay, después de fundar la Ciudad de la Santísima Trinidad y Puerto de Santa María de los Buenos Ayres, clavó una cruz de madera en el lugar en que debía levantarse la iglesia mayor. Según las leyes eclesiásticas y civiles de España, el entierro de los cadáveres se realizaría en el interior del templo, de acuerdo a una jerarquía estricta: a los eclesiásticos de alto rango, militares, vecinos destacados y benefactores del templo les tocarían altares, presbiterios, criptas, naves y atrio; a los hombres comunes, pobres, indigentes y esclavos les estaba destinado el camposanto, una porción de tierra consagrada junto al templo, o a veces ni siquiera eso.

Pero esa iglesia levantada con madera y adobe se derrumbó y se volvió a derrumbar hasta que pudo ser un edificio de piedra, sólido, donde enterrar a los muertos. Cuando la peste golpeaba a la precaria ciudad, acosada de uno y otro lado por los ataques de piratas y de indios, se abría una gran fosa en las afueras y a ella iban a parar todos los cuerpos, arrastrados como reses. El resto del tiempo era a los templos, cuya capacidad para contenerlos se vio sobrepasada demasiado pronto. Así, los cuerpos debieron conquistar el espacio debajo de las iglesias, o el terreno adyacente, como una horda de cadáveres que reptaran bajo la ciudad, ciegos.

Con los siglos Buenos Aires creció, se multiplicaron los vivos y los muertos. Por cada niño que era lanzado al mundo en carne viva, puñados de cadáveres se arrojaban a las fosas, para conformar una masa de barro y cuerpos desmembrados.

En 1631 una excavación para asentar los cimientos de un nuevo edificio descubre restos en descomposición, y el olor de los cadáveres se apodera del aire. En 1750, el cuerpo de un hombre demasiado pobre para pagar un entierro es abandonado en un baldío, donde termina por saciar el hambre de los perros. En 1789 una cédula real ordena la construcción de cementerios alejados del perímetro de la ciudad: el propósito es evitar los malos olores y alejar el peligro de una epidemia, pero la disposición nunca llega a cumplirse. En 1803, según las Actas del Cabildo, se deja constancia de que algunos traficantes de esclavos dejan a los negros que mueren antes de ser subastados en algún baldío o hueco, sin darles sepultura, y que los arrastran a dichos lugares de mala gana, a veces atados a la cola de un caballo. En 1822, un decreto de Bernardino Rivadavia indica que los cementerios pasarán a ser propiedad del Estado, y que este deberá encargarse de ejercer su administración y mantenimiento. En el mismo año se expulsa a los habitantes del Convento de los Recoletos, y en el lugar donde está emplazado se crea el Cementerio del Norte. Al día siguiente se reciben los primeros cadáveres: una muchacha y un niño. En 1863, como un perro que muestra los dientes y reclama su territorio, la Iglesia exige al Estado Nacional que se aparte una sección en la que enterrar a los interdictos, suicidas, excomulgados. Ese mismo año, Iglesia y Estado se disputan un cadáver al que las autoridades eclesiásticas se niegan a dar sepultura, pero un decreto firmado por el presidente Bartolomé Mitre ordena que de todas formas se lo entierre. Como respuesta, la Iglesia retira su bendición, y el Cementerio del Norte deja de ser un camposanto, tierra consagrada.

Mientras tanto, el diseño indicado por el ingeniero Próspero Catelín no se respeta, las inhumaciones se hacen al azar y con las décadas se debe corregir el problema, levantando sepulturas para abrir calles internas y usar racionalmente el espacio. Pero el resultado nunca llega a igualar el plano original. Es demasiado tarde: el cementerio ya es un laberinto.

Muchos años después de la peste, cuando ya soy uno más entre los cuerpos que lo habitan, el cementerio crece como un bosque. Florece. Se vuelve frondoso, se llena de tumbas y bóvedas y mausoleos y esculturas italianas, placas, monolitos. Atrás quedan los días de la fosa común, ubicada en un extremo del cementerio, esa larga zanja en la que los cadáveres se apilaban de a cuatro. De día y de noche escucho los ecos de esa actividad febril, al ritmo de un país que se transforma, de una clase pudiente que manda a traer sus estatuas desde el otro lado del océano.

Originalmente alejado de Buenos Aires, que se propaga hasta rodearlo y más allá todavía, queda incluido en la ciudad de los vivos, de la que lo separa solo un muro. Se abre para recibir a los muertos, a los vivos, y después los expulsa y se cierra sobre los muertos otra vez, sustrayéndolos a la mirada. Está a la vista de todos y tiene algo de secreto. El cementerio administra y organiza lo que se ve, lo que no se ve, pero como todo objeto tiene sus grietas, sus fisuras. Es una vasija diseñada para contener lo incontenible, y está rajada. Por esa rotura se derrama la muerte, su olor, su melancolía.

Antes de confinarme para siempre al sepulcro, fueron muchas las noches en que salí a recorrerlo para apreciar la multiplicación de esculturas, cuerpos, flores de piedra, pájaros e inscripciones sobre nuestras cabezas, la abundancia de símbolos que traducía la muerte real, la putrefacción de la carne, a otro lenguaje elevado, dirigido a la eternidad y al cielo.

Los cadáveres están abajo; lo que importa del cementerio, su única razón de ser, es que dirige la mirada hacia arriba.

El cementerio que se abre y se cierra, como una ostra en el fondo marino, para revelar su contenido y prometer a quien aspire a reposar en su seno: "No, no eres un grano de arena, eres una perla".

Segunda parte

—¿*Qué hago ahora?*
—*Lo mismo que antes.* Hay que continuar
levantándose por la mañana, acostándose por la noche,
y haciendo lo que sea necesario para vivir.
—*Será muy largo.*
—*Quizás toda la vida.*

Agota Kristof, *Claus y Lucas*

En la entrada consulté brevemente a un empleado, le recordé que habíamos hablado por teléfono, que el permiso ya lo habíamos tramitado con los directivos. Se metió con desgano a consultar en una oficina, y a los dos minutos estábamos recorriendo los pasillos para buscar una locación.

Era solo una foto, la tapa de un libro malo sobre leyendas urbanas que mis jefes pensaban que se vendería bien. Pero tenía que llamar la atención; cuanto más siniestra la imagen, más tenebrosa, mejor.

Julia me hizo una seña con la mano y me mostró una bóveda art nouveau que, la verdad, era preciosa, quizás demasiado. Necesitábamos algo más duro, más amenazante. Como la tumba de Facundo Quiroga pero más oscuro, le expliqué. Y que no fuera conocido. Que no remitiera a nada.

Con la cámara colgada al cuello y un bolso pesadísimo al hombro, Julia buscaba con energía y mientras tanto sacaba fotos para probar la luz, la mayoría a las bóvedas y algunas a mí. Frente a mi segunda o tercera cara de fastidio hizo una pausa, me apoyó la mano en el hombro y me dijo:

—¿Estás bien?

—Sí, todo bien, no te preocupes —respondí, porque quería que fuera cierto.

Miré el teléfono: eran las tres. En dos horas tenía que estar en la puerta del colegio para retirar a Santiago. Julia me dijo que no me preocupara, que íbamos a estar bien de tiempo. De hecho acababa de encontrar la bóveda perfecta, según ella, y me expuso ampliamente los motivos. Le dije que tenía razón, más que nada porque no quería extender la búsqueda, y pregunté si necesitaba ayuda con el equipo. Me dijo que no, que el filtro por ahora no era necesario, se arreglaba con la cámara y el flash. Entonces me alejé unos metros y me senté en un banco de piedra para mirarla; todavía me sentía débil, y me costaba estar mucho tiempo parada. Me encantaba verla trabajar, pero ese día había sentido una distancia entre las dos. Era mi mejor amiga, sabía que la compasión me resultaba de lo más detestable, pero apenas había hecho un esfuerzo, mientras recorríamos juntas todo el cementerio, por preguntarme qué pensaba. O sí, lo había hecho, y yo como siempre la había bloqueado.

Mientras ella trabajaba, y como ya no había nada que hacer, me relajé un poco en el banco y respiré hondo. El cementerio estaba en silencio. Recién entonces me di cuenta: era maravilloso. Veníamos del ruido de la ciudad un miércoles a la tarde y, de repente, esa tranquilidad. Nada que hiciera ruido, nada que se moviera, ese estatismo… me pareció una delicia, algo que te podía suavizar por dentro, y eso que antes de venir me había puesto nerviosa pensando que quizás me resultaría deprimente. Pero sentada ahí, bajo un cielo celeste perfecto, incluso cuando no podía dejar de pensar que todas esas cosas bellas estaban ahí para ocultar los cuerpos, noté que hacía tiempo no me sentía tan en mi lugar, con la mente despejada, o algo por el estilo.

Julia terminó y guardó su equipo. Tuve frío a la sombra y me puse una campera liviana que traía en el bolso mientras ella se acercaba para mostrarme algunas fotos. Opiné que estaban perfectas.

—¿Vamos? —me dijo.

Me levanté y empecé a caminar sin decir una palabra. No podía asegurar adónde estaba la salida, pero la mejor manera de buscar era moviéndonos. Doblamos hacia la derecha en una esquina, enseguida doblamos otra vez y, en ese lugar sin gente, me sobresaltó la presencia de un grupo de unas diez personas que formaba un semicírculo frente a una bóveda. La puerta de hierro estaba abierta. Algunos, casi todos señores de traje, alzaron la cara y me miraron. Incliné apenas la cabeza en señal de respeto, lo único que me surgió frente a la sensación de que me estaba inmiscuyendo en una ceremonia privada, y di media vuelta para encontrar otro camino hacia la salida. Mientras lo hacía, alcancé a ver una urna de madera con una cruz de bronce sobre la tapa. Una mujer mayor, de pollera y tacos, entraba en la bóveda cargando esa cajita. No me pareció correcto seguir mirando.

Julia me había seguido, y cuando estuvimos a unos cuantos metros de distancia, por fin pude decir:

—Una cremación. Qué insignificancia.

—¿Por qué lo decís?

—No sé, se veía muy pobre. A mí me gusta la solemnidad del entierro, eso de cargar el cuerpo —le dije pensativa.

—Vos estás loca. Prefiero la ceniza, más limpia.

—Sí, pero no es como te imaginás —le dije a media voz, por si acaso nos cruzábamos con otro funeral a la vuelta de una esquina—. No es como en las películas. Son pedacitos. Te lo juro, es algo que parece mugre. Esa idea de polvillo que arrojan al viento… nada que ver.

—Qué impresión, no sabía. A mi abuela la cremamos pero nunca miré.

—Sí. Aparte la cajita, no sé. Es algo que no tiene peso —agregué, tal vez inspirada por el aire de gravedad que nos rodeaba.

—Bueno, ¡que no tiene peso! ¡Pará! No sé si es para analizarlo tanto. Yo igual no quiero funeral, ni entierro, nada. Ya lo decidí —dijo Julia con cierto orgullo.

—Te falta decir que no querés morirte, ya que estás.

—¿Y vos sí? —dijo y me miró directo a la cara, buscando mi reacción—. No te hagas la fuerte. Por supuesto que cambia tu idea del mundo saber que los cadáveres están ahí.

Julia se adelantó unos pasos y sacó el teléfono para tipear un mensaje. Recién entonces, cuando se hizo un silencio entre las dos, registré la puntada de angustia y me di cuenta de que me había estado haciendo la dura, como acostumbraba. Pero había algo sincero en el cementerio, que me hizo sentir bien. Acá las cosas eran reales. Le toqué el hombro a Julia y le dije que saliera sin mí, que quería quedarme un rato.

7 de noviembre

Anoche Santi tardó bastante en dormirse, estaba inquieto. Le leí el cuento del niño fantasma, después el del niño que se hace amigo de la pesadilla que vive en su ropero, y pedía más. No me molestó: los cuentos me consolaban a mí. Terminamos la noche con el del nene que se porta mal y la mamá lo castiga mandándolo a su cuarto y viaja a la tierra de los monstruos, con los que arma una fiesta de gritos y rugidos. Después apagué la luz y me pidió canciones. En otra época quizás me hubiera molestado toda esa demanda, pero ahora soy yo la que lo necesita.

Me desperté con una sensación extraña. Estaba acostada, todavía saliendo del sueño, y me sorprendió la visión de una criatura que estaba parada al lado de la cama, completamente inmóvil. Era un cuerpo borroso, de color marrón, o al menos así lo pude ver en la penumbra del cuarto... Sus rodillas me quedaban a la altura de los ojos, y el hecho de que no se moviera me hacía sentir que tenía alguna especie de poder sobre mí, que estaba a su merced. Traté de mover un pie, pero no respondía. Intenté pronunciar una palabra, pero solo me salió un "sssss", el único sonido que pude emitir al empujar el aire entre los labios, que estaban paralizados. Sentí la resistencia, los músculos convertidos en piedra, pesadísimos.

Tardé bastante en salir de ese estado de horror: era la primera vez que me pasaba. Según leí después, esos episodios tienen que ver con que la mente se despierta del sueño antes que el cuerpo. Es como soñar hacia afuera, un desborde que lo trastoca todo. Porque es el acto de despertar el que separa el sueño de la realidad, en cambio acá no hubo nada de eso. Ningún despertar, solo darse cuenta.

Más tarde entendí que había soñado exactamente con lo que representaba para mí la enfermedad de mi madre, esa parálisis con plena consciencia. Desde el principio me había parecido un episodio de terror del que no había forma de despertar porque ya era real, y excesivo.

Me levanté con la primera luz del día sobre los tablones del piso, bajé de la cama descalza y recorrí la casa. Era el mismo PH antiguo en el que había vivido antes de que naciera Santiago; estaba enamorada de ese lugar. Me tranquilizó mirarlo.

El sol entraba oblicuo por la ventana del living. Ahí estaban la biblioteca, el sofá, la lámpara colgando del techo inalcanzable. Salí a la galería de piso calcáreo y miré las plantas: necesitaban desesperadamente atención, pero sabía que iba a olvidarme. Entré a la pieza de mi hijo. Parecía más chico en su cama perdida en una habitación enorme, con apenas un ropero, un baúl lleno de juguetes y una biblioteca a la altura del piso. Corrí la cortina de la puerta ventana para que no lo molestara el sol.

Como tantas veces que lo miraba dormir, me sentí afortunada de que viviera conmigo.

21 de noviembre

Un impulso me llevó de nuevo al cementerio: lo seguí. Fui sola y me sentí una infiltrada entre los turistas, que esta vez eran muchísimos. No hablé con nadie, no saqué ninguna foto. Solo busqué un lugar donde sentarme, en una plataforma con escalones que sostiene una escultura femenina, una dama que está recogiendo rosas, y me quedé ahí. Tuve tiempo para mirarlo todo. Me dio una puntada de culpa, como si me estuviera anticipando a los hechos. Pero también una paz como hace tiempo no sentía.

No importa qué hagamos o cuánto luchemos, esto termina acá, en el cementerio. Quiero decir, por supuesto que importa, y a mi mamá la tenemos que cuidar lo mejor posible. Pero la certeza de la muerte está presente en todos y nadie la nombra, eso me enferma. Ella no dice nada. Siempre pensé que sería distinto, que habría algún intercambio de palabras trascendente, ceremonial. En cambio ella se cerró y no dice nada. No solamente dejó de hablar: dejó de comunicarse. Eso me deja solísima. Y sin embargo, ¿es justo que después de tantos años yo le pida todavía un poco más, pretenda exprimir algo que creo que me corresponde porque soy la hija?

Parece que la muerte de ella no será el paso por un umbral en el que se nos revele algún tipo de verdad, sino más bien un apagarse lento, dócil. Quizás no haya otra forma, en una enfermedad como esta. ¿Y yo tendré que imitar punto por punto sus dolencias, sus síntomas? ¿Como si alguna de las dos fuera una muñeca vudú?

Cuando dejó de hablar tuve una faringitis que me dejó muda. Pasé varios días en cama, con fiebre y dolor de garganta. En ese momento no lo relacioné con la mudez de ella, pero ahora lo veo más claro, como si hubiera un patrón. Cuando prácticamente dejó de caminar tuve unas contracturas en la espalda que casi me dejaron inmóvil. No les presté atención, no fui al médico. Y cuando la internaron, dos días después de haber estado cuidándola durante varias noches terribles, me internaron a mí, me hicieron un tajo en la espalda, me operaron de urgencia. Tuvieron que fijarme cuatro vértebras con tornillos y barras de titanio.

Todavía no me recuperaba: ni del dolor, ni de la dificultad para caminar, ni de la sensación de que me habían abierto de par en par para incrustar y atornillar, una cirugía de la que me había despertado en posición fetal y rígida, temblando, como si estuviera tratando de protegerme de un ataque. Unos meses antes le había dicho a Julia que la muerte había venido a sentarse a nuestra mesa, pero no era así: se me había metido en el cuerpo. Era una posesión, no una visita.

Me acordé del sueño de la criatura parada junto a mi cama. No había pasado nada más, pero lo que no me abandonaba era esa sensación espantosa de realidad que había tenido, de estar completamente despierta y lúcida. Era la primera vez que en un sueño no había ningún elemento que lo dislocara todo y me permitiera decirme con cierto alivio: sí, estás soñando. Incluso en las peores pesadillas había tenido esa especie de seguridad, pero esto… era monstruoso, muy difícil de identificar en el momento como sueño, o directamente imposible.

Lo que no era difícil, si quería encontrarle una explicación, era relacionar esa experiencia con la enfermedad de ella, una parálisis progresiva que había empezado en la lengua y que terminaría en los órganos vitales. No había conocido hasta el momento ninguna enfermedad que pudiera describirse más exactamente como una pesadilla hecha realidad: la de una mente lúcida que gradualmente se quedaba encerrada en un cuerpo que no funcionaba más, y podía verlo todo. Podía sentirlo, como si un dios cruel la obligara a mantener los ojos abiertos en cada punto del deterioro, del sufrimiento físico.

En realidad, pensé esa tarde en el cementerio, la escena también describía exactamente mi sensación, la de estar asistiendo a una pesadilla con los ojos abiertos. La impotencia era absoluta. Desde el diagnóstico no había habido un solo momento de incertidumbre, de esperanza, ningún hueco donde albergar cierta duda. No había tratamiento de ningún tipo. Solo la certeza implacable de que la muerte venía, se le estaba metiendo en el cuerpo, y que tardaría en completar el proceso entre dos y cinco años de los cuales ya había pasado uno. A mi madre le quedaba tiempo de agonía, no de vida. Pero el neurólogo ya nos había anticipado que, al paso que avanzaba la enfermedad, todo sería más bien rápido.

El duelo por la muerte próxima y el duelo por este doloroso final de una vida, la que tanto significaba para mí, se confundieron en una masa de dolor que me tragué completa, como invadida yo también.

23 de noviembre

Fui con Santiago y el padre a visitar a los abuelos. Mi ex me lo pidió, hacía mucho que no veía a mi madre. Me pareció bien. Siempre fue una persona decente, incluso en nuestros peores momentos. Le advertí que la casa estaba muy cambiada, como falta de vitalidad. Las plantas agonizaban y la calidez que mi madre siempre le había aportado a los ambientes no estaba más. Manejó él. Cuando entramos a la casa y mi papá nos recibió con los usuales reproches por las malas decisiones en la ruta elegida, o el lugar en el que habíamos estacionado, pareció como si el tiempo no hubiese pasado.

Pero la ilusión duró solo unos minutos. Mientras Javier conversaba con mi padre y Santi buscaba la caja con los juguetes de mi infancia, fui a la habitación a ver a mi mamá, que estaba recostada en la cama. Tenía puestos los anteojos bifocales y el control remoto cerca de la mano, pero no parecía prestar atención a la película que discurría frente a ella en la tele. Me recibió con una sonrisa enorme y sentí cómo me inundaba todo el cuerpo. A veces no percibo lo tensa y angustiada que estoy hasta que la veo, como si se tratara solo de comprobar que todavía sigue ahí.

Afuera oscurecía y la luz parpadeante del televisor era lo único que nos iluminaba, así que prendí el velador y me acerqué una silla para estar al lado de ella. Le pregunté cómo estaba. Con una nueva sonrisa, dócil, me hizo que sí con la cabeza. Le dije que me alegraba mucho y la besé en la frente. Empecé a contarle sobre mi trabajo, como siempre hacía, y sobre Santiago. Cualquier anécdota del nieto era bienvenida y le iluminaba la cara. Le mostré en mi celular algunas fotos de una actividad que habían hecho los nenes de sala azul con las familias: en el jardín que estaba atrás del colegio, Santiago y sus compañeros preparaban la tierra para colocar unos plantines. Tenían las manos llenas de tierra y estaban felices.

Después pasé a lo más difícil: le dije a mi madre, en otro tono de voz que intentaba no ser dramático, que mi papá me había contado cómo estaba empeorando, lo mucho que le costaba levantarse de la cama para ir al baño y cómo últimamente incluso necesitaba que él la diera vuelta en la cama a mitad de la noche. Ella hizo otra vez que sí con la cabeza pero con una expresión triste, y sin mirarme. Desde el principio de la enfermedad la habían medicado con antidepresivos, pero este dolor era más fuerte. Le pasé la mano por el pelo y le dije que me imaginaba que lo estaba pasando muy mal, aunque nunca quisiera decírmelo.

Hubo un momento de silencio. Me pareció que trataba de no llorar.

Y entonces hice lo que estaba a mi alcance: la ayudé. Si eso era lo que quería, tenía que facilitarle las cosas. Fui hasta el baño y tomé de la mesada su perfume preferido que le había comprado mi papá para su cumpleaños, un frasco cuya tapa era una flor de cristal, rodeada en la base por una banda dorada.

—¿Querés que te ponga? —le dije.

Ante ese ofrecimiento cambió la cara, y asintió. Le rocié las muñecas y los costados del cuello. A las dos nos hizo suspirar hondamente el aroma de violetas y rosa búlgara.

A mi madre no le quedaban muchos placeres, cada vez menos. Ya no podía masticar ni tragar nada sólido, estaba dejando lentamente de caminar, no podía hacer sudokus, mantener su jardín, sostener un libro abierto. Hacía meses que no hablaba. Nos comunicábamos a través de una libreta donde ella anotaba lo que quería decir, cada vez menos. A medida que iba perdiendo el control de las manos, el esfuerzo para escribir hacía que se expresara con frases muy cortas o palabras sueltas.

De pronto, Santiago y el padre entraron a la habitación para saludar, y me di cuenta de que ya era de noche. Teníamos que irnos. Javier se acercó a la cama, le dio un abrazo a mi madre y le preguntó cómo estaba. Ella le contestó con una caída de los párpados. Javier le dijo que estaba contento de verla pero también percibí la incomodidad en él, como solía suceder con todas las personas que no habían asistido día a día a la transformación física.

Enseguida nos despedimos y mi madre, en lugar de sonreír y aceptar nuestros saludos, hizo un movimiento con los ojos en dirección a la cómoda que estaba a un par de metros de la cama y, ante mi vacilación, lo repitió con mayor énfasis.

—¿Querés algo de acá? —pregunté, mientras me acercaba al mueble. Arriba solo había algunos portarretratos y la libreta que usaba para escribirnos mensajes.

—¿Esto? —le dije, acercándosela.

Asintió y trató de abrirla con la mano derecha, pero no pudo. La mano había perdido masa muscular, igual que el resto del cuerpo; la piel se había pegado a los huesos y los dedos, especialmente el pulgar, estaban curvados como garras. Le pedí a Javier que me esperara en el auto. Cuando salió, con Santiago, abrí la libreta en una página en blanco, le puse a mi madre una lapicera en la mano, y luego la mano sobre la libreta. Con mucha dificultad escribió algo y me miró. Di vuelta la libreta para ver bien: decía "llave". No tenía la menor idea de a qué se podía referir, así que tuve que preguntarle.

—¿Llave? ¿La llave de esta casa?

Negó, más con los ojos que con el cuello, que ya casi no podía girar. Le acomodé nuevamente la libreta y escribió dos palabras más: "caja" y "documentos". Eso sí era familiar.

—¿La caja donde guardan todos los documentos? ¿La que está en tu placard?

Dijo que sí.

—¿Querés que te la alcance?

No, no era eso. Quizás quería que yo buscara algo que estaba en esa caja. Se lo pregunté. Había acertado. No me extrañaba, porque ahí estaba la escritura de la casa, la libreta de casamiento de mis padres, mi partida de nacimiento, mi título universitario y otros papeles por el estilo que yo jamás me había tomado la molestia de llevarme. Le pregunté si se trataba de eso pero lo negó, y en cambio volvió a señalar la palabra en la libreta: "llave".

Agarré una silla que estaba en una esquina de la habitación y la acerqué al placard; la caja estaba en un estante superior de la alzada, así que tuve que estirarme para alcanzarla. La bajé y la puse sobre la cama, al lado de mi madre. La abrí y empecé a retirar uno por uno los sobres, papeles y documentos que la llenaban a tope. Percibí que mi madre se inquietaba. Por alguna razón, lo que estábamos haciendo la había puesto nerviosa. Se lo dije, y le pregunté si no quería que lo hiciéramos otro día, incluso sin saber de qué se trataba. En ese momento sonó mi celular: era Javier, que llamaba desde el auto para preguntar si me faltaba mucho. Santi se estaba inquietando. Le dije que no y volví a mi madre. Me miraba seria, con un aire de resolución en la cara, a pesar de la inquietud en los ojos. De pronto tomé un sobre de papel madera que estaba adentro de la caja y abrió más los ojos.

—¿Esto? —le dije.

Sí. Era eso. Pero inmediatamente volvió a la libreta y con un último esfuerzo, junto a la palabra "llave", escribió "NO", en mayúsculas, y me miró con seriedad.

—¿Que no agarre la llave? ¿Que no abra algo? No te entiendo, mamá, disculpame —le expliqué, algo alterada yo también.

Miró en dirección a un vaso con agua que estaba sobre la mesa de luz para pedirme que se lo acercara a los labios. Tomó un par de tragos, muy despacio, y le limpié la boca con un pañuelo. El teléfono volvió a sonar. No lo atendí, porque mi madre empezó a toser y, al escuchar el ruido, mi padre entró a la habitación nervioso y me preguntó qué había pasado. Le dije que solo se había atragantado con un poco de agua, pero mi madre estaba visiblemente nerviosa y decidí dejarlos solos para que él pudiera calmarla. Me acerqué y le hice un último comentario, señalando el sobre:

—¿Me llevo esto, entonces?

Hizo que sí con la cabeza mientras seguía tosiendo, así que le di un beso en el pelo, agarré el sobre, las hojas de la libreta donde acababa de escribir, y le pedí a mi padre que guardara los documentos que habían quedado desparramados sobre la cama. Antes de salir puse el sobre en el bolso. Me intrigaba abrirlo, pero no quería hacerlo delante de Javier y tener que contarle de qué se trataba eso que ni yo misma sabía.

A Santi le tocaba esa noche con el padre, así que me dejaron en San Telmo, en la puerta del edificio donde alquilaba, y se fueron. Como siempre, me recibieron el olor a basura y los gritos de los chicos que, sentados en la vereda de enfrente, tomaban vino en caja. Javier no se privó de decirme cómo podía seguir viviendo acá. Decidí ignorarlo y respiré hondo, me despedí de Santi con un beso y entré.

Al otro lado de la puerta verde, el largo pasillo flanqueado de macetas me hacía sentir en casa. Subí los dos pisos de escaleras con cierto apuro y entré a mi departamento, tiré el bolso en la cama y saqué el sobre, que me moría de impaciencia por abrir. Me acomodé en el sofá para mirarlo. Adentro había otro sobre que contenía un documento antiguo. Se me paró el corazón cuando leí la fecha: 1903.

La caligrafía era tan rebuscada que era casi ilegible, pero empezaba así: "En la ciudad de Buenos Aires, el veinticuatro de mayo de mil novecientos tres, compareciendo ante escribano público". En la parte superior de la hoja había varios sellos, incluido uno con forma de moneda en el que se leía "un peso". Al dorso había dos estampillas verdes y otro sello rectangular que decía "Registro de la propiedad". Me llevó bastante tiempo descifrar la letra, y de hecho no pude entender todo. Alejé la hoja para ver si era más fácil adivinar la silueta de las letras antes que leerlas, pero tampoco. En una línea decía "Señor Mario" y a continuación un apellido que no entendía pero parecía italiano, terminado en una i latina. Me extrañó mucho, porque por la fecha era difícil que se tratara de un documento que perteneciera a mi familia. Tanto mis abuelos paternos como mi abuelo materno habían llegado de Europa en la década del veinte, procedentes de Bielorrusia, Ucrania y Yugoslavia. Solo mi bisabuela Catalina había nacido en Buenos Aires, hija de padres polacos que habían emigrado a fines del siglo XIX. Era la madre de mi abuela Ludmila, nacida en 1912, pero no recordaba quién era ni cómo se llamaba el padre, del que casi nada me había contado mi mamá. Me parecía que era italiano, por algún comentario remoto de mi madre sobre cómo mi bisabuela había roto con la costumbre de muchos paisanos de casarse dentro de su mismo idioma o procedencia, y que había muerto pocos años después del casamiento, pero nada más. Quizás este papel había llegado a mi madre por esa vía. Tenía que preguntarle. En ese momento entendí por primera vez que el pasado familiar se hundía en el olvido y que, con la muerte de mi madre, un gran bloque se iba a desprender sin que pudiera remediarlo, como la masa de hielo de un glaciar.

Intenté nuevamente leer el documento. Me salían al encuentro palabras reconocibles como "tomo", "folio", "domiciliado en la calle", "Zona Norte", y el resto seguía siendo ilegible. Decidí hacer una pausa, porque cuanto más me empecinara, menos iba a poder leer. Me saqué las botas y fui hasta la cocina a buscar algo para comer. Había poco para elegir: fideos que había cocinado para Santiago al mediodía, sopas instantáneas, algunas verduras crudas. No tenía intenciones de cocinar. Calenté los fideos en el microondas y me llevé el plato al living, me senté en el sofá y, mientras comía, volví al papel. Poco a poco fui descifrando la caligrafía y al fin pude leer, "una bóveda en el Cementerio del Norte de esta ciudad", seguida de un número. Era todo muy confuso, pero sabía que Cementerio del Norte había sido el primer nombre de la Recoleta.

Que mi madre tuviera guardada una escritura de una bóveda en un cementerio con el que mi familia jamás había tenido relación, que no me hubiera dicho nada al respecto, no tenía sentido. Aunque los años me habían demostrado que no lo sabía todo sobre mi familia y que a ciertos hechos del pasado, por motivos que para mí resultaban menores cuando finalmente se me revelaban, ella había preferido mantenerlos en secreto. Si de verdad era propietaria de una bóveda en ese lugar, pensé, lo más lógico era venderla. Debía valer una fortuna. Pero no había ningún certificado de propiedad a su nombre, solo ese papel antiguo, de modo que quizás se trataba apenas de un papel viejo que había guardado por algún motivo. Solo que, en ese caso, ¿para qué había querido dármelo? Sí, yo era la intelectual de la familia, la que vivía en San Telmo porque amaba las casas antiguas y podía apreciar un objeto como ese, pero en el momento durísimo que estaba atravesando mi madre parecía ridículo ocuparse de algo así.

Dejé el plato en el piso y volví a poner la escritura en el sobre. Estaba empezando a llover. Reconocí al instante el ruido del agua en la terraza, justo encima de mi departamento.

Me acordé de la ropa que había dejado secando del lado de afuera de la ventana y corrí a descolgarla. Cerré la ventana; el agua estaba empezando a salpicar la galería. Pensé que a la mañana podía llamar a mi padre para preguntarle si sabía algo con respecto a este sobre misterioso. Ahora era la medianoche, seguramente estaría durmiendo.

Volví a tomar el sobre y me lo llevé a la cama, acomodé las almohadas para apoyar la espalda y me senté con las piernas debajo del acolchado. Me dolía bastante la cintura, así que me tomé un Tramadol. Miré el blíster que tenía guardado en el cajón: quedaban dos. No pensaba pedir otra receta. Se suponía que tenía que dejar de doler, pero ¿cuándo?

Adentro del sobre había otro, más chico, de papel gastado. Lo abrí. Contenía un álbum de cartón con el nombre de un estudio fotográfico en la tapa, una dirección en la Calle de las Artes y una fecha que me impresionó: 1871. Sentí un entusiasmo inexplicable, hasta que lo abrí y miré la única foto que contenía, del tamaño de mi mano. Era un retrato en blanco y negro de una mujer, tomado, eso sentí, en contra de su voluntad. No tenía idea de quién podía ser, y en el álbum tampoco lo aclaraba, pero había algo terriblemente malo en esa imagen. En general había visto fotografías de época donde los retratados posaban con solemnidad, casi tratando de borrar cualquier rasgo de expresión, pero esta mujer miraba a la cámara con los ojos muy abiertos. Tenía el pelo suelto, en lugar de recogido, como se usaba en la época, y el efecto era rarísimo. Pero además había algo en el cuerpo, cierta tensión, como si estuviera a punto de hacer un movimiento brusco y se estuviera conteniendo.

Probablemente era solo una foto que había salido mal. En un tiempo en que fotografiarse no era frecuente, por supuesto que se buscaba la foto perfecta, mientras que en este caso se había conservado por alguna razón una imagen fallida. Pero era justamente su vitalidad lo que la enrarecía, haciendo que, más que parecer de 1871, flotara en un tiempo del que yo, por lo menos, no tenía referencias. Y era también algo más difícil de explicar... cierta violencia, que no hubiera podido señalar exactamente adónde estaba. Cuanto más la miraba, más me daba la sensación de que esa mujer había sido fotografiada a la fuerza, y me di cuenta de que nunca había visto algo igual. Hasta los convictos posaban con resignación frente a la cámara. Por la posición de la boca podía jurar que, o bien había gritado en el momento justo en que la fotografiaban, o estaba haciendo fuerza para no hacerlo.

Me hacía sentir culpable de mirar, como si la estuviera invadiendo.

Me fui a dormir con una sensación desagradable de la que no me podía desprender. En la oscuridad, mientras trataba de aferrarme a los sonidos habituales de la casa y el barrio de noche, que me tranquilizaban, me pregunté si esa mujer sería una antepasada muy lejana de la que solo había quedado esta imagen, ni siquiera un nombre, y maldecí, porque en el fondo poco me importaba. Lo cierto era que pronto mi madre iba a morir y era tanto, incluso de mi propia infancia, lo que se iba con ella o quedaría como un enigma.

24 de noviembre

En medio de la noche me desperté sobresaltada, con la sensación de que había olvidado algo importante. Estaba esa escritura y estaba la foto, pero mi madre había escrito una palabra: "llave". Prendí la luz del velador y busqué el sobre que había dejado sobre la mesa de luz; ahí estaba el papel, escrito con su letra. Palpé el sobre de papel madera y no me sorprendió sentir un objeto rígido en el fondo. Metí la mano y saqué, como esperaba, una cadenita con dos llaves, una más grande y otra más pequeña, como de un cofre o un diario íntimo. Había algo que abrir, por lo visto. Aunque en realidad, no. Mi madre me había dicho: "llaves, no".

Puse la cadenita de nuevo en el sobre y apagué la luz, frustrada. En una época la comunicación entre nosotras había sido tan franca, tan fluida, y ahora esto. Yo no quería descifrar nada, quería que me hablara otra vez. Descargué un llanto que llevaba encima desde hacía varios días y me dormí.

A la mañana temprano llamé a mi padre para preguntarle si sabía algo sobre todo este asunto, pero dijo que no. Estaba sorprendido, y me pidió detalles que yo no estaba segura de querer darle. No le dije nada de la foto, de todas maneras, ni de la llave. Me acordaba perfectamente de que mi madre había esperado a que estuviéramos solas para referirse al sobre con las llaves, y por algo no se lo había dado a él. No era del todo sorprendente lo fácil que le había resultado a mi madre, al parecer, guardar un secreto del marido, que siempre estaba ocupado con otra cosa y delegaba tanto en ella. Solo mencioné la escritura, pero entendió mal mi alusión a una tumba y me confesó que ya habían comprado una parcela para mi madre en un cementerio privado, fuera de la ciudad. Por Dios, así tenía que empezar el día.

Antes de ir al trabajo me bañé y me miré largamente al espejo que había en el interior de una puerta del ropero. La cicatriz en la espalda todavía estaba roja, encendida. Según el traumatólogo, eso significaba que seguía en actividad. Era una línea gruesa de veinte centímetros que recorría toda la zona lumbar, y al costado de la cadera había una más pequeña por la que habían entrado, según me explicó el médico, para extraer dos discos. Me había dado una crema cicatrizante que todavía estaba sin abrir. No me importaban las cicatrices, lo único que quería era poder moverme, hacer las cosas que tenía que hacer.

En la oficina desayuné un café espantoso y traté de concentrarme en una serie de lecturas pendientes. Julia se asomó brevemente, cerca del mediodía, y me preguntó con una sonrisa comprensiva. "¿Alguna novedad de tu mamá?". Levanté la cara de mis papeles y le dije: "Nada".

26 de noviembre

Me hirió la luz en los pasillos del subte. Tomé la línea H y me bajé en Las Heras. De a poco se me hacía rutina ver la Facultad de Ingeniería con su gótico de imitación, el kiosco de revistas en la vereda de enfrente, la librería donde siempre me detenía a mirar la vidriera pero nunca compraba nada. Esa zona no era para mí: los viejos con sacos de colores claros tomando tragos a cualquier hora en los bares de Vicente López que tenían mesas en la vereda, los colectivos que hacían una parada en el city tour para mostrar el cementerio. Todo era feo.

Un violinista muy joven se sacaba una foto con un grupo de turistas. Pasé junto a los vendedores de billeteras y artículos de cuero, los artistas callejeros, los mendigos. Saqué del bolso los anteojos de sol y me los puse. Me sentí mejor. Más escondida.

En la entrada del cementerio le pedí al vigilante hablar con algún encargado. Me dijo que esperara y enseguida volvió acompañado de un señor algo mayor, de bigotes y peinado con gel, en pantalón negro y camisa, que me sorprendió cuando extendió la mano para saludarme. Le expliqué el motivo de mi visita. Hice alusión a una bóveda que era propiedad de mi familia y que estaba en desuso, sin decirle que hasta hacía unos días no había tenido conocimiento de su existencia. Dudé en mostrarle el documento. De todas formas, esto que para mí era una circunstancia de lo más extraña, debía ser totalmente normal para él, porque enseguida me explicó con cierto automatismo en la voz que si mi familia no tenía intenciones de seguir usando la bóveda, lo que se podía hacer era venderla. Le dije que efectivamente era lo que estaba pensando, pero que me generaba dudas la escritura. Saqué el sobre con el documento de mi bolso, tratando de no mostrar que estaba nerviosa; bien podía ser que solo se tratara de un papel viejo sin valor, de una bóveda que ya había sido vendida. Al parecer le costaba menos que a mí descifrar la escritura engolada del papel, porque lo miró con atención y me pidió que lo acompañara a su oficina, ingresó algunos datos en la computadora y enseguida me anunció cuál era el número y ubicación de la tumba. Me dijo que, como imaginaba, los propietarios estaban muy atrasados en el pago de impuestos, y que podía acompañarme hasta la bóveda, si quería.

Le dije que sí. Pasamos bajo los cipreses que estaban junto a la entrada y doblamos a la derecha. Empezamos a caminar por pasillos que para mí no se diferenciaban demasiado y para él debían ser tan familiares como el propio barrio, porque en un par de minutos estuvimos frente a la bóveda que —me costaba decirlo, me hacía sentir una impostora— era de mi familia. Se trataba de un mausoleo que imitaba a una pequeña capilla gótica, con vitrales en las ventanas. Cuando pegué la cara al vidrio de la puerta me llamó la atención el altar que se veía al fondo, sin ninguna imagen encima y unas marcas en la pared, como si en algún momento hubiera tenido una imagen y se la hubieran robado. Desde la puerta se veía el foso que bajaba al subsuelo, un cuadrado negro que, incluso con la puerta cerrada, me dio una sensación de frío y humedad. Me estremecí un poco.

—Es una linda bóveda, se puede vender bien —me interrumpió el encargado, y lo agradecí—. En general tardan en venderse pero dejan buena plata. Si quiere le puedo recomendar un par de inmobiliarias.

—Todavía lo tengo que pensar —contesté—. Pero ¿qué se hace con los restos? ¿Me imagino que primero se desalojan?

—Sí, claro, se cobra un importe por cajón. Y la mayoría de las veces hay que hacer algunas refacciones, sobre todo si es una bóveda que está desatendida, como en este caso. Pero primero tendría que sacar un certificado de titularidad, porque con esa escritura vieja es imposible. Ah, y ponerse al día con el pago de impuestos.

—Sí, me imagino —le dije, mientras pensaba en lo mucho que le gustaba repetir "pago de impuestos".

A continuación le agradecí, y dije una vez más que tenía que pensarlo. Dudé cuando se ofreció a acompañarme a la salida. Lo cierto era que, no sabía para qué, pero quería quedarme. Algo en toda la situación me hacía sentir como una colegiala que trataba de no ser descubierta en una travesura, pero también me incomodaba la idea de tener de pronto una deuda de la que no sabía nada. Le dije que iba a aprovechar para dar una vuelta por el cementerio y admirar las esculturas, y fingí concentración en las bóvedas circundantes, hasta que se alejó. Entonces volví junto a mi bóveda y probé la puerta; estaba cerrada con llave. Me imaginé a mí misma sacando la llave del bolso y poniéndola en la cerradura, pero la idea me impresionó. De ninguna manera pensaba abrirla.

De pie, frente a esa tumba, me vino un recuerdo lejano. Tenía unos siete años cuando mi madre me llevó al cementerio de Avellaneda, tan distinto, porque necesitaba hacer un trámite relacionado con la sepultura de su papá. De paso visitamos la urna que contenía los restos de mi abuelo fallecido a los cincuenta y tres, unos años antes de que yo naciera, y de sus padres. Me acuerdo de largas escaleras de metal con ruedas, de paredes cubiertas de urnas hasta donde llegaba la vista, unas sobre otras. Sepulturas de clase media, pequeñas y apiladas como departamentos. La de mi abuelo estaba muy alta. No recuerdo cómo subimos. Sí que no era nada de lo que me había imaginado: detrás de la puerta de vidrio y su mortaja de algodón había una simple caja de cemento gris. La tapa ni siquiera estaba sellada. Mi mamá la abrió sin avisarme —puede que esto no fuera verdad— y de repente tuve frente a mí los restos de mis parientes muertos, un montoncito de huesos de color marrón claro, desordenado, que no parecía remitir a nada humano. ¿No había calaveras? ¿Sería que no recordaba nada más? En un impulso metí la mano para tocar los huesos, pero mi mamá me había advertido que era mejor no hacerlo, que no era limpio.

Ahora, como adulta, tenía una sensación más ambigua con respecto a ver esqueletos y cadáveres; había aprendido que era la clase de cosas que no debía querer ver, mucho menos tocar. Y sin embargo, algo tenía en mí de esa nena que había metido la mano en una urna. No había habido conocimiento a través del tacto que fuera peor que ese pozo oscuro que abría lo imaginario; ni meterme los dedos en la vagina para masturbarme, o para tocar la cabecita pegajosa de mi bebé que estaba por nacer, ni probar el frío y la textura novedosa de las manos de mi tío en su velorio, o la frente de mi abuela en el suyo. Era esa brecha entre la imaginación y los cuerpos la que producía el pánico. Pero, al mismo tiempo, el pánico era algo que había que atravesar, cada vez; eso sentí frente a la puerta cerrada, al otro lado de un vidrio que quizás resguardaba nuevos cuerpos por descubrir. Me dio asco, y también tristeza.

Volví a la realidad. El tañido de una campana de pronto me pareció extrañísimo. Tardé unos segundos en darme cuenta de que estaban por cerrar el cementerio. Me dije a mí misma que me ocuparía del asunto de la bóveda en un momento más oportuno, y empecé a buscar la salida. Me gustaba ir lejos con el pensamiento mientras caminaba por esa especie de laberinto, en un lugar recortado de la ciudad donde podía pensar en la muerte en medio de un silencio relativo y en un ambiente —al menos así lo sentí entonces— protegido.

15 de diciembre

Estaba por salir en un viaje de negocios a Santiago de Chile cuando me llamaron por teléfono para avisar que a mi madre la internaban. Ya tenía todo listo: la valija, el taxi pedido para ir al aeropuerto, los documentos, el pasaje. A la mañana temprano había pasado el padre de Santiago para llevárselo unos días a su departamento.

Me quedé inmóvil, sentada en el borde de la cama y con el teléfono en la mano. Realmente no supe qué hacer, de modo que hice lo que estaba planeado: me subí a ese taxi, llegué al aeropuerto, me embarqué. Recién en el hotel de Santiago tomé valor para comunicarme con mi padre.

Al parecer había sido un intento de suicidio, pero nadie entendía bien lo que pasaba y ella no podía decir nada. La habían encontrado a la mañana, sentada en la cama, sudorosa, temblando. Enseguida habían llamado una ambulancia. En la clínica le hicieron un lavaje de estómago y decidieron dejarla internada hasta que se estabilizara. Más tarde la derivarían a un psiquiatra, a través de un informe que mi padre me mandó por mail como adjunto. Allí, bajo el diagnóstico de "intento de autoeliminación", con un eufemismo odioso, se aconsejaba supervisión terapéutica. Lo leí y me indigné. Me pareció una falta de respeto, una especie de chiste.

En Santiago trabajé poco, cerré un par de contratos y tuve tiempo para caminar por la ciudad en un estado inexplicable, fuera de la realidad. Estaba perdida. Lo primero que me golpeó fue la palabra "suicidio", que me generaba una respuesta automática, vulgar, entre el horror y la vergüenza. Me acordé del chico de quince años que se había pegado un tiro en el baño del colegio, y cómo suspendieron las clases ese día sin decirnos por qué. Me acordé de una conocida de mi edad que se había ahorcado con el cable del teléfono, y que después me había visitado en sueños.

Pero esto no era una persona desesperada que se acostaba en las vías del tren, ni uno de esos casos en los que nada parecía tan inmanejable como para explicar la terminación de una vida. No tardé mucho en comprender el acto de coraje que encerraba la decisión de mi madre, su firmeza, y lo mucho que concordaba con la forma de ser de la mujer que yo conocía. Por supuesto, bajo una luz nueva y terrible. Tenía ganas de ir a decírselo, de darle alivio, si es que acaso sentía pudor o arrepentimiento, pero no sabía si entre nosotras alguna vez se tocaría el tema.

Y después tuve momentos en los que me entregué a un dramatismo profundo, que no pude evitar. Pensé, iba a pensar durante mucho tiempo, en la noche en que ella se había tomado una caja entera de pastillas antes de irse a la cama con la esperanza de no despertar, porque todavía podía deglutir y manejar las manos y sabía que quizás esa oportunidad sería la única. Pensé también en todo el tiempo que habría estado meditando sobre esta decisión de morir, buscando la manera, hasta que el neurólogo le había recetado los analgésicos que podían servirle. Pensé en la soledad extrema en que había tomado la decisión, y en por qué me había dejado afuera. Si la idea habría sido motivo de mucho sufrimiento o si, por el contrario, le habría significado un alivio, una salida de ese cuerpo que estaba empezando a colapsar. Esa semana, me diría mi padre después, había empezado a sufrir de incontinencia, y la deglución estaba a punto de serle imposible.

A la noche dejé de pensar y, boca arriba en la cama, solamente lloré imaginando esos minutos, después de las pastillas, en los que mi madre se había acostado sabiendo que no iba a volver a verme nunca.

La dejaron internada. Iban a aprovechar para ponerle un botón gástrico y hacerle una traqueotomía. Mi prima me escribió al teléfono para preguntarme si tenía pensado pasar por la clínica. Respondí: "Estoy en Chile".

22 de diciembre

La fui a visitar. Estaba mucho peor, irreconocible. Me habían advertido por teléfono, incluso me mandaron una foto para prepararme, donde se la vía con la misma mirada perdida con la que me encontré en el hospital. Apenas me prestó atención. Me explicaron que había tenido un paro cardíaco en el quirófano, producido por la anestesia. Que en realidad, dada su condición, la cirugía era muy riesgosa, pero más lo era no hacer la traqueotomía, un recurso de rutina cuando los pacientes llegaban a ese punto de la enfermedad, que seguía su proceso sin importarle si estábamos listos o no.

Este era el cuerpo de mi madre tratando de morir a toda costa, y no se le permitía.

Se había posado sobre ella una tristeza absoluta, en los ojos descoloridos, en el cansancio infinito con que se dejaba hacer.

Varias enfermeras se turnaban para cambiarla, aspirarla, higienizarla y suministrarle una serie de medicamentos, entre ellos un calmante. Ni de noche ni de día podía dormir bien; estaba incomodísima. Traté de distraerla contándole sobre mi viaje, le mostré fotos. A Santi pidió que no lo llevara porque no quería que la viera así. Ahora apenas podía sostener entre los dedos una lapicera para escribir; le presté un fibrón, algo de mayor tamaño y que no demandara hacer tanta presión sobre la hoja, y mejoró un poco. Solo cuando logró dormir un rato en paz, y luego abrió los ojos y esbozó una sonrisa al comprobar que yo seguía ahí, reconocí a mi madre. A la tarde salí de la clínica y me tomé un taxi directo al cementerio. Parecía masoquismo, pero no. No podía imaginar otro lugar donde las cosas fueran sinceras. Ni siquiera el hospital, con las enfermeras con su optimismo de jardín de infantes frente a los pacientes, y los médicos que, a fuerza de sustraer información, no decían nada. Todo el mundo se negaba a pronunciar, o siquiera oír, la palabra "muerte", que mi madre había dicho con el cuerpo, de un modo rotundo.

En un florero de bronce, junto a la entrada de una bóveda, había flores nuevas, lirios de color naranja. Me quedé mirándolos. A veces me olvidaba de que en ese lugar seguían recibiendo gente muerta. En esas ocasiones lo percibía como un monumento, y después pasaba junto a los carros metálicos que usaban para llevar los cajones, unos objetos que remitían a morgue, a cadáveres nuevos.

En mi recorrido por los pasillos del cementerio pensé en mi madre, sus labios hinchados, la cabeza que se caía hacia un lado, el agujero en el cuello por el que le ingresaba un tubo, y que había visto a la enfermera mover para limpiarlo. Me pregunté si le dolería, o si ya no le importaba. En qué punto el sufrimiento de un cuerpo se multiplicaba tanto que empezaba a dar igual.

En un momento, mi madre me había pedido con señas que le sacara una foto, pero le había dicho que mejor no.

Me paré una vez más frente a la bóveda gótica. Me preguntaba quiénes estarían sepultados ahí, y por qué motivo la familia, que muy probablemente no era la mía, los había abandonado. Quizás no era tan raro. No estaba segura de que yo misma me fuera a hacer cargo de la tumba de mis abuelos cuando mis padres murieran. Había un momento en que dejaba de importar. Recordé la pelea que había tenido lugar en mi familia varios años después de la muerte de mi tío, el hermano de mi madre, cuando mi tía había decidido que ya no quería conservar el cuerpo en la tierra y había firmado una autorización en el cementerio para que levantaran sus restos. Mi madre se había enfurecido, pero ¿de quién eran los restos, quién tenía derecho? ¿La viuda o la hermana? ¿La sensibilidad de quién se debía respetar?

Con respecto a esta tumba, ahora que mi madre estaba atravesando un momento mucho más grave, parecía desubicado plantearle el tema de las llaves, pero quizás lo hiciera.

3 de enero

Soñé con mi rodilla, la miraba muy de cerca. Estaba desnuda y una gran flor colorada, que en realidad era una verruga, crecía desde la piel hacia arriba, hasta alcanzar una altura de unos cinco centímetros. La corola de esa flor abarcaba todo el diámetro de la rodilla; los pétalos, que se superponían levemente, eran anchos en la base y se afinaban hasta terminar en punta, de modo que la flor formaba una especie de copa en cuyo interior todo era verruga sobre la superficie de la piel. Carne inflamada, reseca, bordó, con esa textura ya no humana de la piel transformada por ese crecimiento vegetal, algo con raíces. Toda la rodilla estaba cubierta por una costra de ese tipo atravesada por nuevos pétalos incipientes y, aunque me estremecía de asco, me daba cuenta de que había algo terriblemente delicado en esa flor. No me atrevía a tocarla. En el fondo de mi consciencia sabía que no lo tenía que hacer, porque eso implicaba una destrucción. Lo que me llenaba de espanto era la compenetración entre mi cuerpo y esa otra cosa vegetal, monstruosa a su manera, casi como una rosa, del color y la grosura del ceibo. Ahora no me la puedo sacar, pensaba: era esa aceptación de una posible y lentísima, aunque incierta, separación futura.

Al despertar me acordé de esa planta gigante que, cuando florece, despide un fuerte olor a muerto para atraer a los insectos que se meten en su interior y la polinizan. Se llama *Amorphophallus titanum,* pero le dicen flor cadáver, probablemente la combinación de palabras más infecta que escuché en mi vida.

10 de enero

En los días que siguieron me sentí tremendamente frágil. Mandé a Santiago a la casa de la otra abuela para que tuviera aunque sea unos días de normalidad, lejos de la madre. No hay nada más difícil que estar de duelo con un niño. Pensaba dedicar esos días a verme con amigas y en cambio me hundí en un mutismo absoluto, del que de pronto no sabía cómo salir. Me puse zapatillas y un buzo con capucha para ir a caminar. Parecía que estaba por llover, y después de la última tormenta había refrescado muchísimo. Una rareza el verano, un espasmo entre oleadas de calor opresivas y corrientes de frío.

Me coloqué los auriculares, puse música en el teléfono y empecé a caminar por Juan de Garay hacia Constitución, que siempre me reconfortaba en su fealdad. Me saqué los auriculares y los guardé en el bolsillo poco después de cruzar la plaza, en una zona donde había visto varios intentos de robo que en su torpeza me habían resultado tristes. Me acordé de uno en particular: desde la ventanilla del colectivo, detenido frente al semáforo en rojo, había escuchado gritos que venían de la vereda y pude ver cómo una mujer tironeaba de un bolso que otra mujer gorda, con calzas y campera de tres tiras, acompañada de un adolescente, trataba de arrancarle. Como algunos vecinos se acercaron ante los gritos de la dueña del bolso, la mujer gorda había salido caminando muy rápido y en línea recta, apretando una cartera diminuta con el logo de Adidas que llevaba colgada al hombro. En la otra mano sujetaba, pegado al cuerpo, un cuchillo de cocina enorme, de mango blanco, que se veía desafilado. Tenía una expresión de susto que ocultaba mal en la firmeza con que caminaba, imagino que segura, a pesar de todo, de que nadie llamaría a la policía ni serviría de nada que lo hicieran.

A la altura de Jujuy doblé en dirección a San Juan; ahí la calle se normalizaba un poco y retomé la música. Después del sueño de la flor había regresado con fuerza aquel otro sueño de la criatura junto a mi cama, y era por culpa de un cuadro que había visto mientras googleaba "parálisis del sueño". Era una imagen famosísima de Henry Fuseli, de 1781. Aunque el cuadro se llamaba *La pesadilla*, me imaginaba que solo retrospectivamente se lo había asociado con este fenómeno del sueño que la ciencia no admitía del todo, y que en otra época se habría relacionado con el satanismo. La pintura era un claroscuro en el que toda la luz estaba sobre el cuerpo de una mujer dormida boca arriba, con los pliegues del camisón pegados a la piel y una torsión brutal de la parte superior del cuerpo que caía de la cama con un brazo extendido. Había algo de invitación al vampirismo en el cuello blanquísimo y ofrecido por completo, pero el demonio de turno, que estaba apoyado en cuclillas sobre el pecho de la mujer y parcialmente hundido en la oscuridad, era pequeño y de rostro vulgar, con el cuerpo peludo. Era el estatismo de la criatura lo que generaba espanto. Como en mi pesadilla, estos seres no aparecían jamás en actitud de ataque o amenaza sino que afirmaban, a través de la inmovilidad absoluta, su poder sobre la víctima.

Pero mi sueño no había tenido nada de sexual, y acá todo era sexo. Los pechos salientes de la mujer, la blandura de la mano caída, que prometía una sumisión completa, lo fino de la tela del camisón que replicaba la forma del cuerpo desnudo, el modo en que se hundía entre las piernas y hasta el pie que asomaba, más allá, como lo único erecto. Supuse, a pesar de que yo misma había estado en ese lugar de pasividad junto a una presencia extraña, que me identificaba con el íncubo, como cualquiera que contemplara el cuadro: esa era su malignidad. Era inmediatamente cómplice, solo por mirar.

Cuando estaba llegando a Plaza Miserere se largó a llover; me pareció que había encontrado algo así como el epicentro de la tristeza en la ciudad. Los edificios replicaban los grises del cielo y la plaza semivacía era más visible así, sin la gente ni las filas interminables de colectivos que la rodeaban. Un vendedor en un carrito de hamburguesas apoyaba el codo sobre el mostrador y miraba aburrido ese día sin clientes. El monumento enorme en el centro de la plaza no me dejaba olvidarme de que ese solar, que reclamaba desde su nombre una piedad que no había llegado, también era a su modo un cementerio, por culpa de ese mausoleo hecho de bloques de granito que guardaba los restos de Bernardino Rivadavia.

En un impulso crucé la calle, me metí en la recova y entré al único bar que estaba abierto, con mostrador de fórmica y sillas de madera y cuerina. El televisor encendido mostraba un partido de fútbol; no me interesó ver quiénes jugaban. Pedí cerveza; me trajeron una Quilmes tres cuartos y un vaso de vidrio. No era fácil estar ahí sin acusar recibo de la mirada de los pocos tipos que, mientras miraban el partido, no dejaban de notar la presencia de una mujer joven en el bar. Les sostuve la mirada. Enseguida se pusieron incómodos y volvieron a lo suyo.

Afuera llovía cada vez con más fuerza. Me pregunté si mi madre también estaría mirando la lluvia por la ventana, aunque por lo general pedía tener las persianas bajas: hasta en eso se había aislado del mundo.

Últimamente había leído casos, muy pocos, los que había podido encontrar en internet, de personas que padecían la misma enfermedad que ella y optaban por poner fin a su vida. Que se negaban a padecer el deterioro del cuerpo hasta el último minuto; a experimentar el ahogo, la decadencia, las largas horas vacías en las que imaginar de qué modo llegaría la muerte, en silencio y en soledad.

Me acordaba, sobre todo, de un hombre en España, en un estadio de la enfermedad en que todavía tenía cierta autonomía desde su silla de ruedas. Había preparado y consumido un cóctel de drogas en un momento en que toda la familia había salido de la casa. Lo habían encontrado muerto al lado de una nota donde explicaba su decisión, que de todas maneras no era para nada inexplicable. Igual que mi mamá, se había cuidado de no involucrar a nadie en el suicidio. En otra página había leído que una manera simple de ayudar a morir a estos pacientes era inclinar la cama en la que estaban, por lo general, semisentados. Bastaba con eso, porque en una posición horizontal el diafragma funcionaba peor, y en cuestión de minutos la persona dejaba de respirar. Me preguntaba, porque no podía preguntarle a nadie más, si mi madre sabría todo esto, si todavía pensaba que adelantar la muerte era posible.

La verdad que todo era un largo monólogo desde su diagnóstico, interrumpido solo un par de veces por mails donde nos habíamos dicho las cosas importantes. Pensaba muy seguido cómo sería si ella hubiera muerto de algo súbito, como un accidente de tránsito, un infarto. Entendía que el golpe habría sido durísimo por lo inesperado, pero en cambio nos tocaba esta espera cruel en la que se nos imponía experimentarlo todo, punto por punto, desde la confirmación del diagnóstico en adelante. Esa confirmación que me había llegado por mensaje de texto y con un pedido que había sido terrible para mí: "Por favor no llames".

Era exactamente lo que yo hubiera hecho en su lugar, y sin embargo me lastimaba.

A partir de ese día ella, que desde que fui lo suficientemente grande como para escuchar secretos de adultos había tenido conmigo una relación de confidente, se había cuidado de compartir solo algunas cosas, y solo en los momentos en que sabía que no iba a quebrarse. A mi padre le había tocado todo el drama, la desesperación, el llanto, y por supuesto, unos meses después, estaba destrozado. Envejecido, como ahuecado, y con veinte kilos menos. Hubo otro día: fue en mayo, a la tarde. Ella me llamó, conversamos un poco y en un momento tuve que sincerarme y decirle, porque realmente no le entendía casi nada a pesar de su esfuerzo notorio por articular: "Mamá, no te entiendo". Dijo dos o tres cosas más; volví a decirle: "Lo lamento, no te entiendo", y escuché cómo al otro lado del teléfono ella rompía en llanto, perfectamente consciente —las dos lo supimos— de que esa era la última vez que me hablaba.

Mientras el ruido de la tormenta se seguía fundiendo con el del televisor, traté de acordarme de la voz de mi madre, que retrocedía hacia el pasado. A veces no lograba recordarla, como tampoco la expresión de su cara antes de que los músculos cedieran y dejaran de sostenerle los labios, la mandíbula. Ni la vivacidad de esos ojos marrones, que ahora se habían decolorado. Era tal la intensidad con que la había mirado en los últimos meses que esa imagen, la de ella enferma, se imponía. Por todo eso, y porque de un día para el otro había dejado de teñirse el pelo y lo tenía completamente blanco, era como si mi madre hubiese envejecido diez años en unos pocos meses. Y yo me había sentido envejecer con ella, que era una de esas pocas personas con respecto a las cuales siempre había medido las épocas de mi vida.

Me sentía incluida en su enfermedad, algo de lo que participaba físicamente sin poder controlarlo, y a la vez excluida por un duelo que ella elegía hacer sin mí. Cuando me imaginaba el momento de su muerte siempre era conmigo al lado, sosteniéndola, con algo de esa dulzura que ella había puesto con generosidad en toda mi infancia. Nadie sabía cómo serían esos últimos minutos. Solo tenía la certeza de que quería estar ahí, teniéndole la mano.

Pero era solo una fantasía. Evidentemente, y esto era algo que me resultaba por el momento difícil de aceptar, había ciertas cosas que ella prefería hacer en soledad, como si fuéramos desconocidas. Y a mí me quedaba entonces, vivo y presente, intacto, el profundo misterio de por qué mi madre, que me había hecho participar de su vida a veces más de lo que yo podía soportar, a veces más de lo que le correspondía, había decidido lidiar con su propia muerte totalmente sola, sin comunicar una palabra y hasta haciendo de cuenta que era algo en lo que no pensaba o de lo que nada sabía, cosa que su intento de suicidio desmentía con una claridad absoluta.

18 de febrero

Sigue internada. Ayer la desobedecí y llevé a Santiago, subió conmigo hasta la puerta de la habitación y lo hice esperar ahí mientras entraba a decirle a ella que el nieto estaba afuera. Abrió grandes los ojos y hubo un atisbo de negación en la mano que apenas pudo levantar, pero también se puso contenta. Santiago entró con miedo, quizás por lo mucho que le habían advertido, sobre todo los tíos y el papá, de que ver a la abuela iba a ser difícil. Se equivocaban: difícil es para ellos, para nosotros, que sabemos lo que pasa. Santiago se sorprendió de verla en un lugar tan extraño y cambiada, con cables y tubos alrededor, pero pronto aceptó y verificó que era su abuela. Le expliqué qué eran los tubos de oxígeno, el orificio de la traqueotomía, el respirador, las sondas, y al rato estaba jugando en la habitación como si no pasara nada.

Igual, nunca es tan así. El interior de él es un misterio tanto como el de mi madre ahora, por distintas razones.

O por la misma: él, a su modo, tampoco puede hablar. Unos meses atrás, cuando le expliqué que la abuela estaba muy enferma, me preguntó cuándo se iba a curar. No se va a curar, le contesté con toda la suavidad que pude, y no pareció entenderlo. Tampoco hubo un solo momento en que pudiera preguntarme, desde sus pocos años, ¿y entonces qué? Yo esperé, a ver si le salía a él, pero nunca asomó en nuestras conversaciones la palabra ni la idea de la muerte. Sin embargo, cuando terminó el invierno tuvo una época extraña en la que todos los días, al anochecer, se angustiaba y pedía salir a la vereda a ver si estaba la luna. Algunas veces en medio del llanto, otras más sereno, yo tenía que agarrarle la mano y llevarlo hasta la puerta de entrada del edificio para que pudiera revisar el cielo, y solo se tranquilizaba al comprobar que la luna estaba ahí. A veces teníamos que buscarla entre las copas de los árboles y los techos de los edificios. Las noches de luna nueva, o cuando estuvo nublado, fue difícil explicarle que la luna estaba en otra parte o no podía verse pero que seguía ahí. No lo aceptaba. Le ganaba la angustia. Y después, de un día para el otro, como tantas cosas que les pasan a los chicos, se olvidó del asunto.

Ahora falta poco para que empiece su último año de jardín y, más que preguntar por la abuela, quiere saber por qué el padre ya no vive con nosotros. Yo no tengo respuestas e invento razones en las que no creo. Supongo que él lo intuye. No tengo explicaciones sobre por qué mi pareja se terminó justo en el momento en que supuestamente más la necesitaba, como me dice mi ex cada vez que se le presenta la oportunidad. Ya se había terminado todo entre nosotros, nos queríamos poco y en los intervalos de la guerra en la que estábamos metidos, pero él pensó que quizás la enfermedad de mi madre abriría la posibilidad de que siguiéramos juntos. Para mí, por el contrario, fue el momento de ver con claridad que él me imponía, de maneras sutiles y no tanto, que ser una buena pareja fuera una impostación consistente en resguardar su vergüenza, como su propia madre había resguardado la vergüenza del padre, y así. Como en *El traje nuevo del emperador*, nadie podía señalar el hecho de que un marido, como todos sobre esta tierra, estaba desnudo. Y lo cierto es que desde el principio yo no había hecho más que alejarme porque no podía vivir con otra persona, al menos no con otro adulto, ni aceptar esa manera de ser una esposa. Siempre lo había sabido. Nos separamos civilizadamente y creo que hicimos bien, pero en los últimos meses la fuerza que me hace falta para hacer equilibrio entre el derrumbe de mi familia, la vida de mi madre y este duelo hondísimo, me tiene exhausta.

No hay equilibrio posible, en realidad. Estamos parados en el umbral de la muerte; alguien espera para entrar.

Quizás por eso, a mi hijo lo siento en peligro. Nunca fui una madre miedosa, pero estuve leyendo noticias sobre niños que mueren en accidentes insólitos y me obsesioné. Hay una en particular que me quedó grabada: en una provincia del interior, donde el suelo es extremadamente seco, se suelen hacer perforaciones muy profundas para buscar agua. En uno de estos pozos que estaba en desuso, de solo veinticinco centímetros de ancho y unos cien metros de profundidad, cayó un chico de un año y medio que estaba pasando un día de campo con la familia. El padre lo alcanzó a ver en el preciso segundo en que se lo tragaba la tierra, pero aunque corrió hasta la boca del pozo no pudo agarrarlo. Parece que el padre y la madre lo escucharon llorar desde la profundidad, solo por unos minutos. Al principio no les creían que el nene estuviera en el fondo del pozo. La búsqueda duró muchos días; fue necesario excavar un pozo paralelo para llegar hasta el cuerpo del nene, que por supuesto estaba muerto. Después de la autopsia se supo que la muerte había tenido lugar poco después de la caída, que lo dejó con traumatismos en el cráneo y sepultado vivo bajo la tierra y escombros que arrastró al caer. Lo encontraron con los brazos extendidos hacia arriba, quizás un acto reflejo al estar cayendo, y precisamente lo que hizo que el agujero lo tragara a semejante velocidad, sin freno. En una página encontré un video en el que una cámara recorría, a lo largo de tres minutos eternos, el agujero desde la boca hasta el fondo: un círculo perfecto recortado en un suelo rocoso, iluminado artificialmente, con algunas circunvoluciones, y que durante esos tres largos minutos parecía no tener fondo. Si alguna vez tuve miedo de perder a mi hijo, no se me ocurre una representación más exacta de ese miedo que este agujero que no acababa nunca, sin sentido, la imagen perfecta del absurdo de la pérdida y en el fondo del cual ese niño, que era casi un bebé, había muerto completamente solo.

No había razón para pensar que era mi hijo quien estaba en peligro, cuando la que se moría era mi madre. Pero me estaba invadiendo la sensación de que todos, de un día para el otro, estábamos a la intemperie.

28 de febrero

Faltan unos días para que empiecen las clases y, como Santi fue a pasarlos a lo de su papá, aproveché para hacer algunos arreglos en el departamento. A la mañana levanté todo lo que estaba en el piso, coloqué las sillas arriba de la mesa y me puse a encerar. Es algo que no hacía desde que me mudé y que me parece detestable, arrodillada como una esclava de otro siglo, pero estos pisos de pinotea lo necesitan de vez en cuando. Terminé agotada, con las uñas rotas, y me clavé una astilla en el pulgar. Una sola gota de sangre, colorada y espesa, salió despacio cuando retiré la astilla, que por suerte se había clavado de punta. Me llevé el dedo a la boca y cuando me pareció que la sangre ya no iba a brotar, me puse una curita.

Al mediodía me cansé y quise salir un rato del departamento; dejé la puerta abierta para que se ventilara el olor a cera y me senté en la escalera a leer un rato. Es algo que hago con frecuencia, porque nadie viene a este segundo piso que solo comparto con una vecina. Arriba está la terraza, que casi no se usa, y la escalera caracol de mármol es fresca en estos días en que el calor se concentra espantosamente en mi departamento.

En un momento, mi vecina Lucía, que tiene más de ochenta años, bajó a hacer mandados, no sin antes acercarse unos minutos para charlar. Llevaba los labios finos pintados de rojo, cosa que siempre me da impresión porque no hace más que destacar, por contraste, el pelo blanco, el rostro hundido en sus propias arrugas. Me preguntó, como era habitual: "Nena, ¿cómo está tu mami?", y le dije "Igual", con una expresión triste para no tener que dar detalles. Me dijo que esa tarde la pasaba a buscar el hijo para llevarla un par de días a su casa, como todos los fines de semana, y me preguntó, como siempre, si podía dejarme su llave "por cualquier cosa". Nunca entendía si de verdad ella se preocupaba por que un incendio destruyera todo en su ausencia o en realidad tenía miedo de perderla y no poder volver a entrar, cosa que era mucho más probable. Le dije que sí, por supuesto, que me la dejara, y no volví a plantearle por qué simplemente no hacía copias de la llave, como todo el mundo, y me daba una a mí. Ella no iba a decírmelo, pero estaba claro que algo en esa duplicación de las llaves la inquietaba. Quizás confiaba en mí pero solo un poco, y no quería vivir con la idea de que yo podía entrar a su casa en cualquier momento, incluso cuando ella estaba.

Un rato después entré al departamento, me di una ducha y abrí la heladera para ver qué había para almorzar: como siempre, nada. Pero no tenía ganas de bajar a comprar, ya lo haría más tarde, cuando refrescara un poco. Me tomé una botella de agua helada y dormí una siesta breve. A la tarde perforé la pared del living para instalar unos estantes de madera y, en ese arranque de actividad, que no era muy frecuente en mí, revisé todas mis pertenencias para deshacerme de lo que no usara. No era una cuestión de espacio; desde que mi ex se había ido sobraba lugar y de hecho, como se había llevado la mitad de los pocos muebles que teníamos, el departamento parecía raleado. Pero de pronto me asaltaba el impulso de deshacerme de todo. Tiré papeles, puse libros viejos en una caja, armé bolsas con ropa y fui sacando todo a la vereda en tandas. Las cosas no durarían mucho tiempo junto al cordón. Siempre me sorprendía la velocidad con que personas que una no sabía que estaban ahí, y a veces ni siquiera llegaba a ver, se llevaban todo en cuestión de minutos.

Me sobresaltó el ruido del teléfono. Vi en la pantalla el número de mi ex, pero era Santi el que llamaba. Hablamos unos minutos, como siempre que se iba con el padre. Estaba contento porque en la farmacia le habían regalado caramelos. Le dije que los podía comer pero solo si se cepillaba los dientes. Me prometió que lo haría. Me contó que habían ido al cine, y algo de una película con dragones que apenas entendí. Me costó seguir el hilo de la conversación y, cuando nos despedimos y me quedé en silencio, con el teléfono en la mano, me di cuenta de que estaba inquieta. Tenía ganas de pedirle a Javier que me trajera a nuestro hijo para abrazarlo, como si hubiera sobrevivido a un accidente, pero no me parecía refugiarme en un nene de cinco años, ni distraerme con él de un dolor que era mío.

La noche fue infernal, no sé qué me pasó. Me sugestioné como una idiota. Todo porque la llave que me había dejado Lucía se confundía con esas otras llaves que había traído de la casa de mi madre en una misma sensación inexplicable, como si me estuvieran cargando con misiones que no podía afrontar. Había tenido uno de esos días extraños de no hablar con nadie ni salir en los que, en un punto, una se pierde. A medianoche no tenía sueño pero decidí acostarme igual, di vueltas en la cama. Tenía calor a pesar de todas las ventanas y persianas abiertas, que nunca me habían preocupado en ese segundo piso que no lindaba con otros edificios. A las tres de la mañana me di por vencida en mis intentos por dormir y dominar la angustia que me apretaba la garganta por las noches, cuando cesaba la actividad y la figura de mi madre se me presentaba tan vívida.

Me acordé de la llave de Lucía, la agarré del cajón de la mesa de luz y caminé despacio, descalza como estaba, hasta la puerta de su departamento. Por algún motivo, trataba de no hacer ruido al pisar, como si a pesar de estar sola en el piso alguien pudiera escucharme. Metí la llave en la cerradura y, aunque era imposible, por un segundo tuve miedo de que Lucía estuviera en su casa y me hubiera engañado para que yo pensara que se había ido. Pero la idea era demasiado retorcida y ella era solo una señora mayor, con una vida simple. Siniestra, eso sí, cuando quería; por ejemplo cuando, en su sordera, golpeaba la puerta de mi casa a cualquier hora como si estuviera dispuesta a derribarla, solo porque quería hablar.

Abrí. La galería de entrada al departamento era simétrica a la mía, pero las plantas en sus macetas estaban vivas y se alzaban como una pequeña selva. El ruido del motor de la heladera, que estaba ubicada en el ángulo donde la galería doblaba hacia la cocina, llenaba suavemente ese rincón de la casa porque en la cocina de Lucía, apenas un pasillo como la mía, no entraba. Arriba de la heladera, y colgadas de ganchos plásticos en varias partes de la galería, había macetas con helechos. Dejé la luz encendida y me paré en el umbral de la pieza. Ahí la casa empezaba a ser distinta; lo que para mí era el living, Lucía lo usaba como habitación, y la cantidad de muebles pesados y antiguos parecía reducir el espacio. Probé la luz principal pero no funcionaba; evidentemente mi vecina se iluminaba solo con el velador que estaba sobre la mesa de luz. Lo encendí.

Sobre la cabecera de la cama había colgado un rosario, un objeto que siempre detesté, y más cuando parecía dominar una habitación de esa manera, sin que las personas que la ocupaban pudieran ignorarlo. Las pocas ocasiones en que me había tocado dormir en cuartos que tenían rosarios o Cristos —como en la casa de mi abuela, cuando era chica— lo primero que hacía era descolgar las imágenes y guardarlas en un cajón, lejos de mi vista. No creía en Dios, pero esos objetos en particular me parecía como si pudieran verme y a través de ellos convocar algo maligno, seguramente porque su sola existencia y el uso protector que se les daba afirmaban la existencia, como contrapartida, de lo demoníaco.

No toqué el rosario de Lucía, sin embargo; quería dejar la menor cantidad de huellas posibles. Me pregunté si en esta cama que tenía frente a mí moriría mi vecina una noche cualquiera, o si sería en una de esas noches que pasaba en la casa del hijo. Quizás ella se preguntaba lo mismo. Abrí, por hacer algo, el cajón superior de la mesita de luz, y me arrepentí enseguida, porque me repelió la dentadura postiza que me saltó a la vista con su encía de plástico rosa. Cosas de viejos, dejar partes del cuerpo por todos lados. Pelucas, dentaduras, prótesis.

De pronto me di cuenta del silencio. Desde la medianoche, del edificio de al lado había llegado la música de una fiesta en la terraza, las conversaciones y los gritos. Ahora era evidente que la fiesta había terminado, y en el hueco que había dejado se amplificaban los sonidos de la casa de Lucía, como un organismo con vida propia: el motor de la heladera, la madera que crujía bajo mis pasos. El goteo de una canilla. Arriba de una cómoda que estaba al costado de la cama había una cajita con algunos objetos personales: un frasco de perfume vacío, un cepillo con mango de madera, un lápiz labial, un polvo compacto de una marca que no existía más, con olor a talco. Abrí el labial, que por fuera era dorado y viejo. Le quedaba poco contenido, apenas un muñón colorado en el fondo del envase. Le apoyé la punta del índice y lo froté un poco, después me pasé el dedo por los labios y me acerqué al espejo de tres hojas que estaba sobre la cómoda.

Me sorprendió el encuentro con mi cara, que salía de la oscuridad. Costaba reconocerme. Estaba ojerosa y me acomodé el pelo suelto detrás de las orejas, como si de ese modo el rojo de los labios pudiera parecer menos incongruente. Por último, apoyé la mano brevemente sobre mi reflejo, que se retiraba hacia el fondo oscuro, di media vuelta y me alejé.

Caminé unos pasos y llegué hasta la puerta de la única habitación que no era visible desde la galería, porque la puerta-ventana que daba a ella estaba cubierta por una cortina pesada y amarilla, y la que daba al cuarto de Lucía estaba cerrada. La abrí sin pensar; estaba oscurísimo adentro, y solo a medida que abrí más la puerta tuve un mínimo de claridad.

Era evidente que esta habitación no se usaba. Lucía la había destinado a ser una especie de depósito, al parecer, porque la disposición de los muebles era insólita, no tenía sentido. Contra la pared, junto a la puerta, había un escritorio con su correspondiente silla; en el centro, una mesa, pero ninguna silla alrededor. Apoyados contra la pared más lejana había una serie de muebles y objetos apilados, supuse que para ahorrar espacio. Abajo, lo que parecía ser una mesa bastante rota; arriba otra mesa más chica, y luego varias cajas y mesas de luz de distintas formas y tamaños, unas sobre otras, en un desorden de cosas en desuso. Me perturbó la posibilidad de que todo pudiera derrumbarse y Lucía adivinara que alguien había estado ahí. Al mismo tiempo un portazo me sobresaltó a tal punto que lo sentí como un golpe en el pecho; era mi casa. Tenía que apurarme. No estaba segura de haber cerrado la puerta con llave al salir.

Apagué las luces, cerré la puerta del departamento de Lucía y salí al pasillo que la separaba de mi puerta. Como había imaginado, estaba cerrada, pero sin llave. Seguramente yo la había dejado abierta y la había empujado el viento. Cerré con llave, hice un recorrido rápido por la casa para ver si todo estaba en orden y me metí en la cama con la sábana hasta el cuello. A pesar de que no había pasado nada, me latía rápido el corazón. Cerré los ojos, decidida a dormirme, y mientras me dejaba vencer por el sueño pensé en Lucía, sola en ese lugar. ¿Cuán vieja, cuán acostumbrada tenía que estar, para no sentir miedo?

5 de marzo

Santiago volvió de la casa del padre con dolor de muelas. Me enfurecí, culpé a mi ex por no obligarlo a lavarse los dientes, por cuidarlo mal. Es ridículo, porque un dolor de muelas no se produce de un día para otro, pero él estaba ahí. Fue tan directo, tan inmediato decirle,: "Porque vos…". Se fue enojado. Vi cómo se le transformaba la cara, se contuvo para no gritarme. Probablemente terminaría por mandarle un mensaje para pedirle disculpas, pero en ese momento tenía que ocuparme de preparar a Santiago y llevarlo a la guardia. Desde el minuto en que le dije que íbamos a ver a la dentista se puso nervioso; iba a ser un día difícil.

Nos tomamos un taxi hasta la clínica odontológica y en el camino le repetí que probablemente la doctora solo lo iba a revisar, aunque no era cierto. Adiviné que, como cualquier adulto, ya estaba anticipando la invasión del torno y ese ruido insidioso que taladra el oído. Tenía cinco, pero ya le habían arreglado un par de caries, y yo no terminaba de entender cómo era posible que para los niños no usaran anestesia. Cada vez le había sostenido la mano mientras se retorcía en el sillón del consultorio, y me ponía melancólica pensar que estas eran las primeras veces que se enfrentaba a la realidad del dolor necesario, mientras me miraba como diciendo "¿Por qué no me defendés de esto?".

En la sala de espera de la clínica, por suerte, había otro nene, que tendría unos tres años, y enseguida se acercó para mostrarle cosas en una revista. No tuvimos que esperar mucho para que nos llamaran. La dentista no terminaba de caerme bien, Santi directamente la odiaba. Pasamos al consultorio y no fue fácil sostener la mínima escena de cortesía entre doctora y paciente. Ella le preguntó a Santi qué le pasaba, con una sonrisa a medias, y ante la falta de respuesta le expliqué que desde hacía unos días le dolía una muela donde ella ya había reparado una caries el año anterior. La doctora tomó una sonda con una punta en forma de gancho y le pidió a Santiago que abriera la boca. Él me miró, abrió más los ojos y yo le ordené que lo hiciera. Estiró la mano para que se la agarrara. Empecé a ponerme nerviosa porque, aunque sabía que el momento del torno iba a ser difícil, mi hijo ya se estaba poniendo dramático desde el principio y entonces no era el dolor físico lo que le molestaba, sino toda la situación de estar ahí. Eso ya era mucho más difícil de manejar.

Le di la mano, y la doctora lo revisó. El arreglo se había caído y estaba incrustado entre la encía y la muela; había que sacarlo, limpiar la zona y volver a poner una pasta. Sentí alivio porque había pensado que quizás debían hacerle un tratamiento de conducto. Esto me parecía una buena noticia. Pero Santiago padeció cada paso del proceso. Cuando la dentista trataba de meter la sonda para sacarle lo que tenía clavado en la encía, cerraba la boca y estaba a punto de morderle los dedos. Cuando ella encendió el torno para limpiarle la zona que estaba expuesta, directamente se largó a llorar y me suplicaba que no, que no. Se había hundido en la irracionalidad, era imposible convencerlo. Entre la dentista y yo tratamos de persuadirlo de que se dejara atender; le expliqué que era mucho más complicado tener que irnos y volver otro día para hacer lo mismo, aparte de que seguiría con dolor. Le prometí que a la salida le compraría un regalo. Le recordé que ya habíamos pasado por tratamientos parecidos, que eran solo unos minutos. Nada servía. Había un rechazo profundo en él, visceral, que le hacía doblar el cuerpo y llevarse las manos a la boca, como tratando de protegerse. Mientras tanto le caían las lágrimas y se había puesto rojo. Yo sentía lástima por él, pero también vergüenza, y ante todo sabía que la única prioridad era que nos fuéramos con el problema resuelto.

La dentista intentó nuevamente pasarle el torno, Santiago volvió a meterse los dedos en la boca. Entonces ella perdió la paciencia y casi le gritó que cómo se llevaba esas uñas sucias a la boca. Yo la miré muy seria y me llené de bronca, pero no intervine. Santiago me volvió a suplicar con la mirada y recién ahí, como último recurso, me puse dura secundando a la odontóloga y, en lugar de consolarlo, le ordené que se dejara arreglar la muela. Cuando vio que no le quedaba otra, abrió la boca y aún llorando se dejó hacer.

La peor parte ya había pasado, o al menos eso creíamos. A continuación la doctora tomó una especie de casquete de metal del tamaño de una muela y se lo puso en la que estaba arreglando para darle forma a la pasta. Santiago dijo que le dolía mucho y volvió a doblar el cuerpo, se llevó las manos a la boca y las rodillas al pecho. La doctora, que apenas podía trabajar y hacía fuerza para mantenerle la boca abierta, empezó a retarlo como si yo no estuviera ahí: "¡Tanto teatro vas a hacer! Esto no es nada. No. Mentira que te duele". Me sorprendí, pero no dije nada. Podía pelearme con ella por hablarle así a mi hijo, hasta podía llevármelo de ahí, pero todo eso implicaba tener que ir a casa a ocuparme de buscarle otra solución al problema, otro dentista, otra consulta parecida a la que Santi iría todavía más asustado.

Mi hijo me seguía mirando suplicante, casi asombrado de que yo me hubiera retirado y lo dejara a merced de esa persona cruel, pero me mantuve rígida hasta que la doctora terminó de hacer su trabajo.

Cuando nos fuimos, ella seguía enojada; le agradecí y traté de aparentar amabilidad pero la dentista no saludó a Santiago, ni lo miró. Me pareció increíble. Decidí que no volveríamos jamás y en el pasillo, mientras esperábamos el ascensor, me agaché, abracé a mi hijo y le prometí que íbamos a buscar otra dentista que fuera más amable. Le dije que había sido todo horrible pero que había que reparar esa muela para que no le doliera más, y esperé unos minutos mientras él descargaba la tristeza en un llanto.

Dios mío, estábamos agotados. Volvimos en colectivo, tomados de la mano y nos bajamos unas cuadras antes para ir a la juguetería que nos gustaba. Durante media hora miramos juguetes y finalmente volvimos a casa con una caja de ladrillos de dinosaurios. Santi estaba feliz, pero yo sentía una presión en el pecho que era difícil de despejar.

6 de marzo

Pasamos un día tranquilo, casi perfecto. Lo necesitaba. A la mañana leímos varias páginas del libro rojo de Babar y nos pusimos nombres para cuando fuéramos elefantes. Él es Tapitor, yo soy Dulamora. Dormimos la siesta juntos y a la tarde pude trabajar un poco mientas él dibujaba sentado en el suelo, rodeado de papeles y lápices. En un momento lo vi tan concentrado que me acerqué para ver qué hacía. Había dibujado a una persona metida adentro de una caja, rodeada de otros personajes de distintos tamaños. Le pregunté de qué se trataba, aunque me daba cuenta de que la caja era un ataúd. Me dijo que la que estaba adentro era la abuela, y que todos estábamos en el velorio. El papá le había contado lo que pasaba cuando las personas se morían. Me atravesó una ráfaga de furia, como siempre que Javier tomaba decisiones importantes sobre Santiago sin consultarme. Pero miré de nuevo a Santiago, la naturalidad con que me había explicado su dibujo, y pensé que quizás estaba bien. Solo le conté que a los velorios y al cementerio se llevaban flores para demostrarles a los seres queridos que no íbamos a olvidarlos nunca, y Santi se puso a dibujar algunas para la abuela.

16 de marzo

No le dan el alta. Hoy empezaron las clases y dejé a Santiago en el jardín temprano, después me fui para la clínica. Mi jefa me preguntó hace una semana si quería que me dieran una licencia psiquiátrica y le dije que sí. No me parece que esté muy corrida con respecto a mi modo de ser habitual, pero tuve un intercambio con un proveedor que se me fue de las manos. Me saqué. Le dije que se fuera al carajo. Por supuesto, se quejó en la editorial, y ese mismo día me llamaron por teléfono para pedir una explicación. El llamado me tomó por sorpresa y lo primero que se me vino a la mente fue decir que estaba pasada de estrés por la enfermedad de mi madre; lo dije y casi al mismo tiempo me di cuenta de que era cierto. Hicieron que me entrevistar con una psicóloga. Cuando le conté, no solo la situación de salud de mi madre, sino también el intento de suicidio y mi operación todavía reciente, me ofreció tomarme dos meses.

De manera que así era la cosa: lo que yo consideraba como un pésimo momento de mi vida en el que estaba tratando de sostener ciertas cosas, a esta terapeuta le había parecido gravísimo. Lo que me extrañó fue darme cuenta de que *a ella* le parecía que yo no podía con todo, que necesitaba cierto alivio, cosa que yo hasta el momento no me había planteado. Simplemente había creído que era mi trabajo tratar de sostenerlo todo, no derrumbarme.

No supe qué pensar del asunto de la licencia, me dejé llevar. Existía la posibilidad de que a mi madre le dieran el alta y empezara una etapa de internación domiciliaria. En ese momento estaban negociando con la prepaga la cantidad de horas de enfermería que estaban dispuestos a cubrir. Según los médicos, tenían que ser veinticuatro, es decir todo el tiempo, mientras que la prepaga se plantaba en ocho horas por día. Eso implicaba que a mi padre, y a quien pudiera ayudarle, le tocarían las otras dieciséis: una locura. Mi madre requería atención permanente no solo para cambiarle ropa, pañales, higienizarla y medicarla, acomodarla y rotarla en la cama cada cierta cantidad de horas, sino porque necesitaba aspiraciones con mucha frecuencia, de día y de noche. A veces varias por hora. Por ese motivo le costaba dormir, lo hacía entrecortadamente y estaba cansada, además de que la mala oxigenación le saturaba la sangre de dióxido de carbono, que le provocaba somnolencia.

Era un día tranquilo en la clínica y aproveché la calma relativa para pedirle a la enfermera que me enseñara a aspirar, como habíamos quedado. Mi madre abrió grandes los ojos y enseguida supe lo que pensaba: no estaba de acuerdo. Por algún motivo, le daba impresión que yo me encargara de eso. Pero en ese momento no importaban sus reparos. Me calcé un par de guantes de látex descartables y puse una sonda nueva en el tubo que salía de la bomba de aspiración: la encendí, desenrollé la sonda. La enfermera me explicó que había que tapar con el dedo la abertura que tenía al costado para que se produjera el vacío. Después, solo era cuestión de introducir la sonda por el tubo de la traqueotomía.

Miré a mi madre y le pedí permiso; asintió con los párpados. Metí la sonda hasta cierta profundidad, pero nada pasaba. La metí un poco más y escuché cómo succionaba la mucosidad de la tráquea. El cuerpo de mi madre, como sucedía en cada aspiración, se contrajo en un espasmo hasta la punta de los pies. Le pregunté si estaba bien y me indicó que sí. Le avisé que intentaríamos otra vez. Volví a meter la sonda y la moví despacio hacia arriba y abajo. Ignoré la contracción del pecho, que se defendía de un objeto extraño, y seguí, tratando de ser delicada, hasta que sentí que la zona estaba limpia. Entonces la retiré y enjuagué la punta en un botellón, me saqué uno de los guantes y lo usé para envolverla.

Después de aspirarla me tomó algunos minutos acomodarle los almohadones atrás y alrededor de la cabeza, bajo las manos, para que la sostuvieran. Cuando estuvo cómoda, y aprovechando que era un raro momento de tranquilidad en que nos encontrábamos a solas, le pregunté por la bóveda de la Recoleta. Parecía desubicado sacar el tema en este momento de su enfermedad, pero no quería quedarme con la duda. Quería saber si ella sabía. Le pregunté si podíamos hablar del asunto y, cuando hizo que sí con la cabeza, pregunté quién le había dado la llave. ¿Era su madre, mi abuela? Dijo que sí. ¿Y a ella se la habrá dado la suya?, agregué. Levantó los párpados y, de haber podido levantar los hombros, también lo hubiera hecho. Entendí que la respuesta era que no sabía. Entonces quise saber si alguna vez ella había visitado el lugar; dijo que no. Miró hacia la libreta en la mesa de luz, se la alcancé. Le puse el fibrón entre los dedos. Escribió, casi sin fuerzas, "vender". Le dije que sí, que no se preocupara, que ya sabía que estaba esa posibilidad, pero que no era el momento. Me di cuenta de que mi madre no sabía nada más sobre esa especie de herencia, y decidí no volver a mencionar el tema para no preocuparla.

En el transcurso de la mañana necesitó que la aspirara varias vece. En el medio pude leerle, entrecortado por las pausas para aspirar, un cuento sobre una chica que aprendía a tocar el piano y que le gustó mucho. Al mediodía ya estaba agotada y le pidió a la enfermera que la pusiera de costado para dormir. Antes de entrar en el sueño pidió la libreta y lapicera para anotar y, mientras le sostenía la mano ya sin fuerza, vi cómo se formaba en el papel una palabra casi ilegible: "irte". La miré a los ojos. "¿Decís que yo me vaya?". Asintió con una bajada de los párpados. "No, pero quiero quedarme. ¿Puede ser?". Volvió a asentir, y en la cara se le formó algo parecido a una sonrisa.

Me agaché para besarla en la frente; después me senté al lado de su cama y le acaricié la mano hasta que se quedó dormida.

Al rato volví a mi lugar en el sillón y abrí el libro en la página en que lo había dejado. Pensaba retomar la lectura pero, sin que pudiera evitarlo, se me empezaron a caer las lágrimas. Descargué el llanto más silencioso que pude para no despertar a mi madre. Ella no lo sabía, pero quería absorber lo poco que quedaba de su presencia, y me invadía por momentos la idea de que todo sería distinto cuando ya no estuviera el cuerpo de mi madre en este mundo. Ese cuerpo que, incluso así, enfermo y dormido, emanaba para mí un poder suave, gentil, como un fulgor. No era la clase de poder que se imponía sino algo parecido a la estabilidad, la permanencia. Un resto, imaginé, de algo que yo habría sentido al lado de ella cuando era chica, en algún momento mítico en el que había conocido la maravilla de que otra persona a mi lado, que era mi madre, pudiera ser escudo contra todos los males, como esas luces que a la noche se dejan encendidas solo para los niños.

22 de marzo

Pasó algo raro, no sé cómo explicarlo. Ayer fue sábado, y como estaba sola decidí ir a caminar. Mentira: decidí ir al cementerio. Sabía que mis pasos me iban a llevar hacia allá. Cuando salí del departamento me crucé con Lucía y me preguntó, dónde iba tan elegante. Supongo que la habrá sorprendido que me pusiera un *blazer* negro y anteojos oscuros un fin de semana, como si fuera a una reunión de trabajo en lugar de estar, como estaba, a la deriva. Por un segundo Lucía me apoyó los dedos huesudos en el brazo para impedir que bajara la escalera a toda velocidad y me acercó la cara, como queriendo espiar a través de mis lentes. Me sorprendí y retrocedí instintivamente, ante lo cual me dijo, con una risa burlona: "Nena, vos andás en algo". Le encanta sentirse sagaz. Le contesté apurada, siguiéndole la broma, y me fui. Mientras bajaba me gritó que esa tarde también se iba, y que dejaba la llave donde yo sabía, refiriéndose a la parte de arriba de la caja del matafuegos, que usábamos para dejarnos cosas.

Bajé por Carlos Calvo. Cuando llegué a Bolívar doblé en dirección al Parque Lezama para ir a sentarme un rato en uno de esos bancos verdes que me encantan. El parque estaba casi vacío, quizás porque en el transcurso de la mañana el cielo se había cubierto por completo de nubes cada vez más oscuras. Al mediodía la oscuridad estaba llegando a su punto máximo y en medio del silencio del parque, solo interrumpido por unas pocas voces de personas que paseaban como yo, una ráfaga de viento atravesó las copas de los árboles y las hizo mover en una sola dirección, como una ola.

Mientras la mayoría de los paseantes se iba, tal vez para escapar de la tormenta inminente, me quedé sentada en el banco que había elegido, no lejos de la entrada al parque y del Museo Histórico. Las estatuas parecían suficiente compañía.

De un tiempo del que no recordaba nada, como si no hubiera existido, mi madre me había contado que de vez en cuando acompañaba a mi abuela Ludmila a la Iglesia Ortodoxa que estaba frente al parque. Y también que una vez habíamos venido con mi padre a un recital al aire libre, en el anfiteatro, y yo me había encontrado abandonada una carterita de cuero de la que me había enamorado. No tener ningún recuerdo: era como tratar de contener agua en la palma de las manos, y descubrírselas vacías.

Me levanté y caminé brevemente por el sendero, flanqueado por imitaciones de esculturas griegas y romanas, que llevaba hasta el templete donde estaba la estatua de Diana fugitiva. Las columnas estaban grafiteadas en rojo y negro; en el piso había un par de mantas sucias y un colchón casi destrozado. Giré alrededor de la Diana para buscar el ángulo exacto en que se la veía mirar hacia atrás, al dios que la perseguía llenándola de tal desesperación que había preferido renunciar a su forma y convertirse en otro ser, múltiple y vegetal.

Cuando cayeron las primeras gotas dejé el parque y busqué la calidez de El Hipopótamo, todo madera y espejos, para almorzar. Elegí una mesa al fondo, junto a la ventana, y mientras me acomodaba sentí las miradas de varios comensales sobre mí. Nadie nunca se acostumbraba a ver una mujer sola en un bar. Después de pedir la comida me puse los auriculares y elegí las "Invenciones a Tres voces" de Bach para esperar el almuerzo. Mejor eso que el ruido del televisor, las conversaciones, la máquina de café.

Estaba tan triste que la sensación era aplastante, física, pero me obligué a llevar adelante el ritual de comer y parecer disfrutarlo. El bar estaba lleno de personas, y todas estaban vivas. Era solo por una coincidencia fugaz que todos estábamos ahí, un sábado al mediodía, frente a nuestros platos de comida, antes de que llegara el tiempo en que todos estaríamos muertos. Me pregunté si alguno tendría una enfermedad terminal, si alguno vendría de un entierro, y sentí que los miraba a través de una capa cada vez más densa que me separaba de todos. Estaba la muerte en el horizonte, sí, pero también esta vida adulta que me había decepcionado en casi todos los sentidos posibles. El desencanto era su signo, el derrumbe de todo lo que había creído imposible de derrumbar, y la resignación cotidiana para aceptarlo. ¿Qué me esperaba al otro lado de este duelo que crecía como una ola? Otros duelos, la pérdida de todo, un trabajo que no me importaba y una familia rota, un hijo que tarde o temprano se iría para hacer su vida. Quizás un nuevo amor, que tarde o temprano se arruinaría. Se podía considerar que todavía era joven, pero ya me sentía viviendo en un después, y esa certeza era amarga. La única vez que había tratado de comunicarle a Julia algo de todo esto, para ver si a ella le pasaba algo parecido, me había dicho que estaba demasiado "mala onda" y esas palabras odiosas habían llevado la conversación a un callejón sin salida: hablábamos idiomas distintos.

Afuera no llovía. Como si un dios hubiese levantado el dedo para impedirlo, la tormenta estaba en suspenso. Desde la ventana podía ver cómo el viento seguía empujando las magnolias y las tipas.

Aproveché esa demora de la lluvia para pedir rápido la cuenta y salir. La intensidad del viento aumentaba y atravesé el microcentro, su tristeza de sábado acumulada en las veredas vacías y las persianas bajas, con un apuro que en realidad era inquietud. Buenos Aires era una ciudad fantasma en un día así; no era difícil llenar el vacío con toda clase de presencias.

Cuando llegué a la Recoleta ya estaban cayendo las primeras gotas. De todas formas me metí en el cementerio, del que un grupo de turistas se iba de una visita guiada tapándose la cabeza con bolsos o camperas, y fui directo a la bóveda que me importaba. Me paré frente a la puerta y miré una vez más las rejas negras, el altar despojado en el fondo, mi propio reflejo en el vidrio. Era el momento de decidir si entrar o no. El cielo era una masa gris a punto de caerse. Cuando puse la llave en la cerradura sonó el primer trueno; el sonido de algo rompiéndose hasta donde ningún ojo humano podía ver, que se tragó el chirrido de la puerta. La abrí lo menos posible, y enseguida miré a mi alrededor para verificar que nadie me estuviera mirando. Estaba nerviosa. A pesar de que la llave estaba en mi poder, había algo fuera de lugar, como entrar a la casa de desconocidos que estaban de viaje.

Me puse de perfil y crucé el umbral como una ladrona, temiendo que en cualquier momento viniera un vigilante del cementerio a preguntarme qué deseaba. Pero nadie vino.

De pronto estaba adentro de ese pequeño templo al que había llegado por razones que tal vez no conocería jamás. Miré brevemente alrededor; me llegó con nitidez el olor a humedad que subía desde el subsuelo. Fijé la vista en ese rectángulo negro donde empezaba la oscuridad; mientras tanto afuera había empezado a llover con fuerza, y la luz se había extinguido. No podía haber elegido un momento peor para entrar. Por un segundo registré ese cambio y temí que el anochecer me encontrara ahí, en compañía de un montón de restos, si es que los había. Porque bien podía ser, ahora que lo pensaba, que la bóveda estuviera vacía.

Una vibración me recorrió desde el pecho hasta los brazos ante esa incertidumbre; el corazón me empezó a latir más rápido. Decidí bajar al subsuelo y mirar. Esto es lo que hacen, pensé, todas las personas que trabajan en el cementerio: bajan escalones, supervisan. Yo podía hacer lo mismo. Me asomé a la escalera, aferrada a la pequeña baranda, y me di cuenta de que iba a necesitar iluminarme, así que saqué el teléfono y encendí la linterna. La luz era blanca y excesiva, y tuve cuidado de no dirigirla hacia mis ojos. Extendí el brazo para que el haz de luz fuera por delante y empecé a bajar.

Lo primero que me llegó fue el aire irrespirable del subsuelo, denso, de años de encierro. Me repugnaba ese aire espeso, la fealdad de ese pozo donde todo era tanto más precario, como el sótano de una casa vieja. Ahora el sonido de la lluvia estaba sobre mi cabeza, y me recordó que ahí estaba el mundo exterior, esperándome. Era un alivio.

Bajo la luz sórdida del celular vi los cajones, de un lado, acomodados en sus estantes, gastados y opacos, y del otro una pared pintada de blanco que en un extremo tenía un material de otra textura, como si se hubiera reparado un agujero. Me paré frente a los ataúdes. Uno era más lujoso que los otros dos. Se notaba que la tapa había estado barnizada en algún momento, pero casi nada quedaba de ese material. De todas formas, la madera estaba intacta y me llamó la atención una pequeña cerradura que tenía a un costado, como un cofre. Traté de levantar la tapa: era imposible. Casi temblando probé con el cajón que estaba más abajo; ese sí se abrió: estaba vacío. Sentí sorpresa, y también una puntada de decepción. Lo cerré y traté de alcanzar, poniéndome en puntas de pie, la tapa del que estaba en el estante de arriba.

Estaba abierto, pero desde mi altura no alcanzaba a ver el interior. Era inútil. Me di vuelta y me agaché para mirar de cerca esa parte de la pared donde el color cambiaba. El relleno era de algo parecido al barro, que quizás podía desprender, imaginé, con un golpe no muy fuerte, pero para qué. Si me decidía a vender la bóveda tendría que pagarle a alguien para que lo reparara.

Me paré y volví a acercarme al ataúd que estaba cerrado. Lo contemplé, bañado en esa luz blanca que dejaba los bordes en penumbras. La madera reseca conservaba los restos de un antiguo brillo. En un impulso le apoyé la mano encima, y entonces entendí: la llave más pequeña que estaba colgada de la cadena tenía que ser de ese cajón. Tenía sentido.

Saqué la cadenita del bolso y la miré. Mi madre había dicho "no", pero la verdad es que ella no sabía nada de todo este asunto. Solo se había limitado a cumplir con una prohibición heredada, probablemente absurda. Lo más lógico era abrirlo. Si alguna vez volvíamos a tocar el tema, cosa que parecía improbable, le diría que no se preocupara, que solo había un par de huesos antiguos.

Metí la llavecita en la cerradura y la giré mientras sostenía en alto el celular para iluminarme, pero estaba tan concentrada en la llave que el teléfono se cayó al piso y, con el golpe, se apagó la linterna. Me quede inmóvil por unos segundos.

Tenía los ojos muy abiertos, pero estaba a ciegas. Me agaché para tantear el suelo con la mano. Al contacto de ese frío, la consciencia de estar en un pozo me invadió, y me empecé a poner nerviosa. No encontraba el teléfono. Tuve que arrodillarme y estirar los brazos. Uno de los estantes que sostenían los cajones me rozó un hombro. Me atravesó un escalofrío, que traté de dominar respirando más hondo. Por fin encontré el teléfono, que se había apagado. Entonces sí me asusté: estaba en una tumba, y a oscuras. De pronto sentí vergüenza. El esfuerzo que había estado haciendo para naturalizar la situación se desvaneció, y me desesperé por subir la escalera. Estiré los brazos para localizar la baranda y la aferré como a un salvavidas. Pronto salí a la luz, que de todas formas no era mucha en ese día gris. Estaba todo tan quieto ahí adentro que me escuché jadear.

Salí, cerré la puerta a mis espaldas y empecé a caminar lo más rápido que pude. Enseguida disminuí la velocidad: no quería que me vieran como una loca que abandonaba el cementerio bajo la lluvia, despavorida. La tarde se había oscurecido. Saqué el paraguas del bolso, lo abrí y atravesé la entrada como si no hubiera pasado nada aunque, como no tardaría en saber, fue el último día que pasé en un mundo conocido.

28 de marzo

Los vecinos están inquietos porque esta mañana la vereda frente al edificio apareció chorreada de sangre. No sé qué le ven de raro. En esta parte del barrio, cerca de Constitución, es común que haya peleas callejeras por la noche, gritos, alguna puñalada. Las personas se siguen clavando un puñal en el estómago unas a otras. A la tarde no habían limpiado la sangre todavía y era un pegote deslucido, casi marrón, que todos evitábamos pisar. Todo lo que es espantoso tiene un momento en que brilla y después es solamente triste.

A la tarde me llamó Julia para preguntar si quería que saliéramos a caminar; dije que no. Después de conversar brevemente con ella me llegó un mensaje suyo que apareció como una orden en la pantalla: "No te aísles". Sabía que me estaba quedando cada vez más sola, un poco por las circunstancias y un poco por buscarlo, pero era lo que necesitaba. Había tratado de compartir mi duelo con ella, pero cuando le hablaba parecía que todo se empobrecía; me daba una sensación de torpeza, de algo que no estaba bien. De que no estaba diciendo lo que tenía que decir, sino algo mucho más estúpido.

Decidí no salir de casa. Me puse a leer una novela en la cama y en una pausa de la lectura, para mi sorpresa, volvió una vieja sensación conocida, que hacía mucho tiempo no registraba: esa urgencia. Algo que se inflamaba entre las piernas. Hacía mucho tiempo que no me tocaba ni sentía deseos de hacerlo. Se sintió como una primera vez, un deseo en el lugar y tiempo equivocados. Pero estaba ahí, sola, y podía. Dejé el libro a un costado, me saqué los anteojos y me acosté boca arriba. Abrí las piernas.

Primero me toqué con mucha suavidad por encima de la bombacha, mientras cerraba los ojos y dejaba que las imágenes vinieran a mí: había una concha, con los labios plegados como valvas, y una gota de brillo que aparecía entre los pliegues. Me puse saliva en el dedo y me lo pasé por el clítoris. Quise desnudarme; me saqué la remera, la bombacha, me pasé los dedos por los pezones y me abrí sobre la cama como si estuviera esperando a amantes sin rostro que reptaran por los costados y vinieran a penetrarme, a lamerme. Me empecé a tocar. Pensé en una lengua carnosa sobre el clítoris endurecido, una lengua caliente. Después me arrodillé y me metí un dedo en la concha; con el otro me seguí tocando el clítoris. Pensé en una pija enorme, en glandes como ciruelas maduras que me llegaran hasta el fondo, morados, inflamados, como los de los *moujiks* que se cogía una princesa rusa para después incendiarlos a todos. Y recordé que años después, harta de los hombres, se había mandado fabricar un maniquí con un mecanismo que a veces permitía insertar un consolador en la entrepierna y otras, la pija de un varón anónimo, reducido a un pedazo de carne. Una figura que me había encantado desde la primera lectura, cuando era chica, porque no había nada que superara a las fantasías y la soledad, y porque la idea de compartir esas fantasías con otra persona siempre me había parecido repugnante.

Decidí pasar el resto del día desnuda. Me depilé, me lavé el pelo, a la tarde me puse un vestido que parecía una túnica y bajé al supermercado a comprar una botella de vino y algo para comer. No me puse ropa interior. Cuando estaba comprando sentí algo que me bajaba entre las piernas y me apuré a volver a casa. Fui al baño. Me acababa de venir la menstruación, y estaba tan distraída que ni siquiera me había dado cuenta de que estaba en fecha. Anoté el día en la aplicación de mi celular, me puse la copa y me metí en la cama para seguir con mi novela. Ojalá, pensé, que muchas cosas salgan junto con la sangre.

A la mañana siguiente fui al baño y me saqué la copa, que estaba colmada, pero en lugar de tirar la sangre al inodoro lo hice en la pileta. La volqué minuciosamente sobre el enlosado blanco y miré cómo se escurría. Era sangre oscura y, ahora que era una adulta, igual que en mi primera menstruación, cuando todavía era una nena, me daba una sensación muda y profunda que jamás había podido explicar.

La excitación que sentía, me di cuenta entonces, era una corriente subterránea que me había acompañado durante varios días sin que pudiera percibirla, y no estaba tan segura de que no tuviera que ver con esa aventura en el cementerio —si es que podía llamársela así—; con el temblor que me había atravesado cuando había puesto la mano en la manija de esa puerta para abrirla.

1 de abril

Siento que me deslizo en un pozo del que no puedo ver el fondo, pero no estoy soñando. Estoy despierta. Al menos eso creo. Volví con Santiago al cementerio. La mujer de la foto, en el sobre que me dio mi madre... creo que estaba ahí. Se nos quedó mirando. La de la foto que decía 1871, sí. Entiendo el absurdo de lo que estoy diciendo, pero pasó. Y ahora necesito imperiosamente encontrar una explicación a todo esto, pero no puedo decírselo a nadie. Soy una mujer con licencia psiquiátrica y una madre internada que hace poco tuvo un intento de suicidio. ¿Qué me van a decir? ¿Que descanse? Ante cualquier cosa que digo me sugieren que descanse: lo hacen por mi bien. Y en lo único que puedo pensar, porque después de todo esta extrañeza insoportable empezó cuando me llegaron las llaves de una bóveda de la que nadie sabe nada, es en ir a cerrar esa tumba. ¿O puede ser casualidad que la mujer haya aparecido justo después de abrir la puerta? ¿La inventé porque me dejó sugestionada la escena en el cementerio? ¿Me estoy imaginando cosas?

Las madres revelan los secretos terribles, eso pensé. Así como la mía me había dado una llave y al mismo tiempo me había dicho "no abras", en otra época me había revelado el sexo, y me había dicho que no lo hiciera. Que en él había

peligro. O me había descubierto el secreto de su relación
con mi papá, que me enfrentó demasiado pronto al desga-
rro entre los sexos. Los pactos secretos, los abusos antiguos,
todas estas cosas llegaban de parte de las madres acompa-
ñadas de una sola clase de consejo: no lo hagas, no te metas
ahí. Que no te pase. Y las hijas abríamos, mirábamos, nos
pasaba todo, tarde o temprano nos quedábamos solas en el
mundo. Como yo, que había ido al cementerio para abrir
esa tumba y después había regresado con mi propio hijo, y
había visto a esa mujer, y ahora no podía no pensar que de
ese cajón que había estado cerrado durante un siglo como
un cofre, y del que yo había girado la llave sin llegar a mirar
en el interior, había salido la mujer de la fotografía para
meterse en mi vida de una manera mucho más violenta que
cuando había visto por primera vez esos ojos de fiera en
blanco y negro. O quizás, qué vergüenza me daba pensarlo,
solo estaba enloqueciendo.

10 de abril

Claro que pienso en ir, en volver a cerrar esa tumba. Pero
tengo miedo. Un miedo irracional, infantil quizás, yo que
nunca creí en lo sobrenatural. Cuando era chica sí, creía; me
acuerdo de esa sensación de estar esperando que pasara algo,
que duró muchos años. Algo que viniera a quebrar el mundo
conocido. Otros chicos contaban historias de fantasmas y
yo me sumergía tanto que creía ver cosas, las sentía. En el
altillo de la casa de mi infancia, un chalet del conurbano con
techo a dos aguas y sótanos, nos sentábamos con los amigui-
tos de la cuadra y me decían que la casa estaba embrujada;

que todos en el barrio lo sabían, ocupada por los espíritus de los dueños anteriores. Los murciélagos anidaban en los rincones de ese piso alto al que casi no nos dejaban subir, y del que después mi madre tapaba la entrada con una tabla enorme, para bloquear el paso. Los días transcurrían con normalidad, pero de vez en cuando miraba de reojo esa barrera precaria, o los cortes en la madera del piso de las habitaciones que marcaban la entrada de los sótanos, con unas presillas que se levantaban para usar a modo de manija.

Después me ocupó la realidad, con sus dilemas, y me olvidé de esa sensación, que ahora vuelve con fuerza. Quizás por eso, más que miedo siento vergüenza; imposibilidad de acudir a alguien y decirle creo que vi algo, creo que hay una persona muerta que camina por el cementerio, creo que me estaba mirando. ¿No podía ser, después de todo, que me estuviera engañando? ¿Que hubiera visto a una persona parecida a la de la foto, cosa que era totalmente posible, y estuviera uniendo esa imagen al recuerdo de una tumba vacía?

Tenía que ser así. En los días que siguieron fui a visitar a mi madre, ya instalada de nuevo en su casa, con su cuarto convertido en una sala de hospital. Llevé a Santiago al colegio y lo pasé a buscar, cociné, terminé cosas del trabajo que habían quedado pendientes antes de mi licencia, respondí con monosílabos a las preguntas de Julia. Todo lo hice mecánicamente, todo lo hice regida por un solo pensamiento: hacé de cuenta que no pasa nada. Esperaba que de ese modo, efectivamente, lograría que no estuviera pasando nada. Hasta la noche en que, al volver a casa, me crucé en la escalera con Lucía en la escalera. Bajaba a esa hora tan fuera de su rutina para ir a comentarle algo a una vecina de la planta baja.

Era una noche insoportable, de una humedad y un calor desacostumbrados para la época que se concentraban en el piso de arriba. Lucía llevaba en la mano un abanico, que agitaba como el aleteo de un pájaro nervioso, y me dijo, con su aire de intriga habitual, poniéndome la cara muy cerca y levantando un dedo:

—Nena, cuidate, está terrible el barrio.

—Sí, Lucía —le contesté—. Como siempre.

—No, como siempre no —insistió, con el orgullo del que sabe más—. ¿No te enteraste? Están matando gente.

Y entonces me contó: estaban apareciendo cuerpos, al parecer degollados. No eran intentos de robo, por eso ella y la vecina estaban seguras de que se trataba de un asesino serial, como en la tele. Me repitió que tuviera cuidado antes de seguir camino y me irritó, porque la conocía desde hacía años y sabía que ella siempre estaba esperando una catástrofe. Se habría decepcionado si de vez en cuando no hubiera ocurrido, efectivamente, una desgracia. Pero ocurría: un nuevo tipo de virus, personas que salían a la calle con barbijos, que se miraban desconfiadas, trenes que no frenaban al llegar a la estación, y eso le permitía seguir con su visión apocalíptica. Me despedí con las excusas habituales y me encerré en mi departamento. Estaba de mal humor por el encuentro con Lucía pero lo que más me molestaba era que, esta vez, yo también estaba preocupada.

Esa noche leí en los diarios, antes de acostarme, noticias sobre una serie de asesinatos que estaban teniendo lugar en toda la zona del Bajo, desde los alrededores de la Recoleta hasta mi barrio. Las notas encontraban maneras distintas de decir lo mismo: que la policía no sabía nada. Era desconcertante porque no había robos, ningún móvil aparente, solo la muerte. Los investigadores no podían comprender con qué tipo de arma se llevaban a cabo los asesinatos, que dejaban a las víctimas desangrándose hasta la muerte. Y era posible que los casos ni siquiera hubieran llegado a las noticias de no ser porque uno de los muertos era una turista alemana, que se estaba alojando en un hostel a pocas cuadras de mi casa. Conmoción, horror en San Telmo, turista asesinada, repetían los titulares. El resto de las muertes valía menos; lo importante era no alarmar a los extranjeros que venían con plata.

Me acosté con los ojos quemados por la luz de la pantalla, pero no dormí. Traté de razonar sin emociones, pero tenía la cabeza partida en dos. En el orden habitual de las cosas, estaba claro que los asesinatos no tenían nada que ver conmigo ni con la bóveda con la que ahora me había obsesionado, quizás por la simple culpa de haber transgredido una petición de mi madre enferma, esa especie de sacralidad que adquirían los deseos de los que estaban cerca de la muerte. Pero el orden habitual de las cosas... no estaba más. Se había suspendido, no podía precisar en qué momento. En este nuevo universo que se me abría, donde era posible que una persona volviera de la muerte después de un siglo y medio para salir a matar me sentía responsable. Era ridículo. Paranoia, seguro, como si no tuviera suficientes problemas. Saqué el sobre del cajón de mi mesa de luz y miré una vez más la foto. La palabra era "peligro". Eso era lo que veía en la mirada de la mujer, que antes no había podido nombrar. Estaba en peligro y esa tarde en el cementerio, cuando la había visto mirándome a la distancia, ella misma me había parecido peligrosa. Era algo con la fijeza, la hostilidad que parecía demostrar. Imaginé una historia de venganza, pero estaba yendo demasiado lejos. En todo caso, lo único que yo podía hacer, si quería librarme de esta sensación, era volver al cementerio a cerrar esa puerta.

Lo hice a la mañana siguiente. No quise esperar más. No me atrevía a acercarme sola a la bóveda, de modo que busqué al encargado que me había atendido en aquella primera consulta y le pedí que me acompañara, con la excusa de que estaba considerando ponerla en venta y quería saber cómo era el proceso de vaciarla.

Era una mañana luminosa. Celeste sobre nosotros hasta donde alcanzaba la vista, sobre el verde brillante de los cipreses y enredaderas que le daba al cementerio una apariencia tan distinta, como un jardín. Me hizo bien recorrer esos pasillos en un día tan abierto, tan desprovisto de sombras, con una persona que no compartía en absoluto mi estado de ánimo enrarecido.

El encargado mantenía un tono normal, quizás algo inhibido por estar a solas con una mujer, y me explicaba lo sencillo del procedimiento, pero también que se necesitaría una inspección de la bóveda para cotizar las posibles refacciones. Llegamos hasta la puerta, saqué la llave de mi bolso y la metí en la cerradura. Por supuesto, no giró, porque estaba abierta, pero seguí hablando con el encargado sin dejar de mirarlo, para disimular, como si a él pudiera importarle. Entramos juntos en ese templo en miniatura y me dijo, fingiéndose experto, que se notaba la nobleza de los materiales y que la bóveda era muy antigua.

—Sí, pero bajemos —le dije—. Para que vea cuántos son los cajones.

Lo hizo sin vacilar. Sacó una pequeña linterna del bolsillo y se iluminó mientras descendía por la escalera. Lo seguí. Lo primero que noté, una vez en el subsuelo, fue que el arreglo improvisado en un rincón de la pared, junto al suelo, se había derrumbado. O lo habían sacado, no lo pude saber. Me paré dándole la espalda a ese rincón, decidida a no moverme, de modo que el empleado no pudiera verlo. Se concentró en los cajones. Me pidió permiso para abrirlos, en un tono respetuoso que era totalmente innecesario, pero le seguí el juego. El inferior, como yo ya sabía, estaba vacío. Contuve el aliento cuando pasó al siguiente ataúd, el que tenía la cerradura. En un impulso estiré la mano y lo agarré de la camisa pero enseguida, dándome cuenta de mi desubicación, le pedí disculpas. Para tranquilizarme, me contó que era habitual que las personas que visitaban las bóvedas por dentro se sugestionaran. Mire, está abierto, me dijo, y pude ver, mientras levantaba la tapa con una sola mano, un revestimiento de una tela amarillenta parecida al raso, volados en los laterales, un pequeño almohadón. Y nada más.

De modo que era esto lo que me había quitado el sueño; el gran secreto que me había puesto descontroladamente a imaginar las cosas más extrañas.

Para ver el cajón de arriba necesitaría una escalera, me estaba comentando el encargado, pero ya no lo escuchaba. Le dije que sí, que no era necesario, que como veía, los cajones estaban vacíos y solo era cuestión de retirarlos. Habló más, sobre obras, materiales, costos, y mientras tanto un cansancio rotundo me entró en el cuerpo, ese de cuando la realidad se acomodaba y la fuerza de la tierra volvía a hacer sentir el propio peso.

Le debo haber dicho que se fuera con alguna excusa, porque el encargado salió, y de repente me encontré sola. Ese hueco se sentía muy vacío. Sin cadáveres, sin cuerpos, solo cajones de madera vaciados de propósito. Me había pasado otra vez, después de tantos años, ese arranque de fantasía. Y ahora estaba decepcionada. Respiré hondo, ya casi acostumbrada al olor a sótano que había en el lugar, y subí la escalera. Estaba a un paso de la puerta. No lo llegué a sentir hasta que lo tuve encima. A eso, lo que fuera que se movió a mis espaldas y me puso en alerta cuando ya era demasiado tarde. Me agarró desde atrás, con una mano que me trepó por el hombro y la nuca, para impedirme que saliera al sol y a la normalidad, y llevarme de vuelta al frío de la tumba.

Me desperté en la penumbra. Desde el hueco de la escalera llegaba una luz débil, irreal. Estaba acostada sobre el piso húmedo del subsuelo; me dio repulsión la suciedad al contacto con la piel. Me toqué los brazos, a los que se había pegado el polvillo y algo del escombro desprendido de la pared. Tanteé a mi alrededor para agarrar mi bolso y me paré, pero antes apoyé la mano en el suelo para sostenerme, y la retiré cuando sentí con asco que estaba tocando un charco, no pude ver de qué. Subí lo más rápido posible.

Afuera era casi de noche. Bajo las luces, que ya estaban encendidas, me miré la mano y vi que la tenía manchada de sangre. Me sentí confundida. Saqué pañuelos de papel para limpiarme, pero no pude entender si esa sangre era mía, si me había lastimado al caerme por las escaleras o qué carajo estaba pasando. Me miré la ropa, las piernas, las manos, pero no estaba manchada.

Si era tan tarde, el cementerio tenía que haber cerrado. La idea me impresionó. El silencio era casi total y me costó, como siempre, encontrar la salida. Escuché mis propios pasos en las baldosas y, en un momento, cada vez más nerviosa, escuché algo más. Me di vuelta. Dediqué unos segundos a recorrer los pasillos con la mirada, para verificar que estaba sola. Cuando estaba llegando a los cipreses que estaban frente a la entrada, un punto donde me sentiría segura, me pareció ver una forma con el rabillo del ojo que se deslizaba rápida a mi derecha, detrás de los árboles. Caminé más rápido sin llegar a correr, no quería aparecer de pronto como una loca. El vigilante que estaba sentado junto a la entrada me miró asombrado. No llegó a preguntarme qué estaba haciendo ahí porque le dije que había tenido un pequeño desmayo. Me preguntó si estaba bien, si necesitaba ayuda, que llamara a alguien. No, sí, no, respondí rápido y al azar, y me apuré a bajar por Junín hasta Las Heras, una calle más luminosa, llena de gente.

Dios mío, qué estúpida, pensé mientras avanzaba entre autos y vidrieras iluminadas. ¿Qué estaba haciendo? En un cesto de basura tiré los papeles ensangrentados que llevaba en el bolsillo. Necesitaba lavarme las manos. No volvería nunca más a esa bóveda de mierda. La pondría en venta lo antes posible, pero lo haría todo a través de intermediarios. Había que dar por terminado todo ese delirio, pero ahora me había quedado asustada y miré alrededor para ver si me seguían. Agarré el teléfono y llamé a Javier, le pregunté cómo estaban. Pedí hablar con Santiago y, cuando escuché la voz de mi hijo, sentí que recuperaba la cordura. Yo era la madre, él me reconocía, no estaba tan perdida. Para terminar de calmarme seguí caminando, incluso cuando empezaron a caer las primeras gotas y, después, cuando llovió a cántaros.

Llegué a mi casa empapada. Tardé casi dos horas en volver a pie, con el agua que me corría por la cara. Subí al departamento, me saqué la ropa al lado de la puerta y fui al baño a buscar un toallón. Temblaba de frío. Me llevó un rato recuperar algo de calor, mientras me cepillaba el pelo. Estaba agotada y solo quería que ese día demasiado extraño terminara, volver a encontrarme con mi hijo, con cualquier persona que me sacara de esa desorientación radical de los últimos días, como si me hubieran hachado del suelo.

A las diez de la noche estaba leyendo en el living, cuando la lámpara de techo empezó a parpadear sobre la página. Levanté la cabeza y la miré. Me dañó su intensidad. Diez minutos después la lámpara murió, con un chasquido casi inaudible, y quedé a oscuras. Afuera seguía lloviendo. Antes de hacer cualquier movimiento me quedé mirando la oscuridad, mientras los ojos se acostumbraban, y reviví el momento que había pasado en la bóveda cuando la luz se había extinguido, en ese negro que no se diferenciaba del que ahora me rodeaba y que acaso era el mismo. Me llené de miedo, pero traté de controlar mis movimientos como si esa fuera una forma de conjurarlo.

Dejé el libro sobre la mesa ratona, me levanté y fui a la pieza. Me metí en la cama. Prendí el velador, solo para comprobar que tenía la posibilidad de encender una luz si así lo deseaba. Enseguida lo apagué, me di vuelta y me quedé dormida.

En mitad de la noche algo me despertó. No un ruido, sino la certeza física de que había alguien en mi habitación. Abrí los ojos y la vi. El pánico me tensó el cuerpo en un segundo. Era como ese sueño que había tenido un tiempo atrás, donde una criatura se paraba al costado de mi cama, pero esta vez había un detalle que me asustó todavía más: yo me podía mover. Lo comprobé, me incorporé en la cama.

Entonces, estaba despierta. El mundo parecía detenido. Era esa mujer, y me estaba mirando. Me empecé a levantar, pero supe que no iba a poder defenderme cuando levanté un brazo en un impulso defensivo y me lo agarró con fuerza, más rápida que yo.

Cuando le miré la cara, supe también que no iba a querer hacerlo. Era pálida y tenía los ojos negros más hondos que había visto, lo sentí, incluso en la poca claridad que entraba a través de la ventana. Ojos en los que podías hundirte, que me hicieron sentir que hacía demasiado tiempo que nadie me miraba. Tenía algo en la piel que recordaba la textura de los cadáveres. Parecía muerta y, a la vez, con esos ojos inyectados de vida, me miraba como si estuviera a punto de comerme. Había algo en ella que me daba ganas de morirme o caer de rodillas. Cuando abrió levemente los labios pude ver los colmillos afilados, y todo se ordenó alrededor de esos dientes de felino. Lo entendí. Estaba frente a algo que no podía ni nombrar y me sentía en peligro, pero estiré la mano para tocar la suya porque, al menos, pasara lo que pasara, tenía que entender.

El gesto la puso en alerta. En un segundo el estatismo se rompió, se convirtió en una cazadora. Se volcó sobre mí con una lentitud que no era cautela sino seguridad absoluta: sabía que yo estaba cautivada. Me costaba respirar, pero la pude oler. Me recordó al cementerio y a fieras enjauladas, a algo caliente. Retrocedí, sin dejar de mirarla. Me daba terror lo que pudiera hacer pero sentía que mientras siguiéramos así, prendida cada una a los ojos de la otra, yo no era una presa. Me acercó más la cara, y la proximidad física me venció; sentí que podía desmayarme. En esa posición, como si me estuviera empujando pero sin ejercer ningún tipo de fuerza, me hizo recostarme sobre la cama, y en un segundo la tuve sobre mí. Sentía su peso sobre el cuerpo, la confirmación de que era real, y al mismo tiempo me hundía en esos ojos imposibles. El pánico se mezcló con otra cosa que me llenó el cuerpo. Ella se inclinó sobre mi cara y, aunque no estaba segura de lo que estaba por hacer, esperé que lo hiciera. Se acercó más, sentí su aliento encima de la boca. Después llevó los labios hasta mi cuello y los acercó casi hasta tocarlo. Eché la cabeza hacia atrás y me quedé inmóvil, sintiendo cómo la cercanía de esos labios me encendía todo el cuerpo, como una descarga eléctrica. Cerré los ojos. Un segundo después sentí la mordedura y un dolor imposible de describir, pero es lo último que recuerdo.

11 de abril

Ayer fue el día más triste, más extraño. Me desperté casi al mediodía y lo primero que hice fue tocarme el cuello. Recordé todo lo que había pasado la noche anterior, con una nitidez que me revolvió el estómago. Había unas manchas marrones, de algo que había sido rojo, sobre la almohada. Fui al baño y me miré al espejo. Estaba demacrada, con ojeras profundas y los labios hinchados. Tenía, por supuesto, dos marcas en el cuello y un hilo de sangre seca que limpié con una toalla húmeda. A la luz del día, ahora que podía pensar, me daba cuenta de la profunda locura de todo lo que había pasado, y de que al mismo tiempo no había manera de negarlo. Una angustia feroz me cerró la garganta. Me senté en el piso del baño y mientras me agarraba el pecho, lloré como nunca había llorado, con desesperación, a los gritos. Sentí que me estaba cayendo en un abismo. Lloré durante tanto tiempo que quedé aturdida, como si me hubieran golpeado. Después se hizo un silencio total y, con la poca energía que me quedaba, volví a la pieza y me acosté. No tardé en volver a dormirme pero, a punto de hundirme otra vez en el sueño, con una claridad dolorosa, deseé que ella volviera, y el recuerdo de esos segundos en que la había sentido respirar sobre mi cuello me produjo en el cuerpo una respuesta inmediata.

22 de abril

No la volví a ver. A veces siento su presencia a la noche y me despierto, pero no hay nada. Los primeros días después de la visita me sentí loca; loca y lúcida a la vez. El mundo se había partido. No me atreví a volver al cementerio. Se sintió como un golpe en la cara esa concreción de algo que había estado rondándome, pero solo como fantasía. Estaba aturdida, como después de un accidente. ¿O era yo la que había estado dando vueltas alrededor de ella? No lo sé. Solo atiné a ponerme un pañuelo alrededor del cuello para tapar la herida y me oculté detrás de mis anteojos negros todo el tiempo que pude, como una actriz.

Mi madre estaba peor. De una manera sutil, pero notoria para todos los que pasábamos tiempo con ella, se había desconectado. No quería mirar televisión ni escuchar música y apenas prestaba atención cuando, para entretenerla, le contábamos nimiedades sobre nuestras vidas. Pasaba mucho tiempo durmiendo, y su médico de cabecera me había explicado que pronto necesitaría un respirador, aunque fuera unas horas por día. El diafragma estaba empezando a colapsar.

El dolor aumentaba, y también la impotencia. Me estaba quedando más sola. El día que el médico, en una visita a domicilio, me sacó hasta el pasillo de la casa de mis padres y me dio este parte sobre la evolución de la salud de mi madre, volví a la habitación y me quedé mirándola durante mucho tiempo. Ella dormía. De pronto, en un impulso, me agaché y le susurré al oído lo que había estado pensando, lo único que yo podía hacer por ella. Se lo dije casi temblando y en un acto de arrojo. No había manera, por más que le diera vueltas al asunto, de llegar a una decisión que me pareciera correcta, o al menos que me lo pareciera sin interrupción durante varios días. Fui breve, y también totalmente sincera, por primera vez en mucho tiempo. Sé que me escuchó, porque cuando terminé de hablar abrió los ojos y se quedó mirando al techo.

24 de abril

Anoche cambió la luna y tuve pesadillas, después de tres días de un dolor de cabeza constante que no pude parar con nada. Era un sueño común: estaba en un aeropuerto y llegaba tarde a tomar el avión. Mi ex me estaba esperando junto con mi hijo. Ellos pasaban por migraciones y se iban a la sala de embarque; yo, por algún motivo, decidía que podía hacer todos esos trámites después y me distraía en el *hall* del aeropuerto. Hablaba con alguien. Cuando faltaban quince minutos para que despegara el avión, me daba cuenta de que era imposible llegar a tiempo y empezaba a correr hacia la puerta de embarque con la esperanza loca de que, ante mis ruegos, simplemente me dejaran subir. El aeropuerto se agrandaba, se convertía en una especie de espiral y de repente yo subía a un primer piso desde el cual, por una ventanita, podía ver el avión que empezaba a rodar sobre la pista. Entonces abría la ventana y gritaba, con todas mis fuerzas y varias veces, "¿Cómo se sale?". Ahí me desperté.

Mi casa se había vuelto un lugar en el que no me sentía segura, pero esa noche estaba todo demasiado tranquilo. Había luna llena y me atrajo el resplandor que llegaba desde afuera; fui hasta la ventana y me quedé mirando.

Era casi imposible encontrar la luna en el pedazo de cielo que me tocaba en suerte, recortado entre edificios. Sabía que estaba en alguna parte, pero esa noche solo recibiría un rayo de luz blanca. En la otra habitación Santiago, que esa noche dormía en mi casa, se dio vuelta en la cama y susurró algo. Muchas veces lo hacía mientras soñaba, no presté atención. A los pocos segundos me llegó desde su cuarto el sonido de una cajita de música que yo le había regalado para su cumpleaños, un sonido dulce y metálico que era de artesanías, de otro tiempo. Era la música más melancólica que había escuchado en mi vida y salía de una caja de madera en cuyo interior un soldadito de plomo se inclinaba para tratar de alcanzar a su bailarina. Nunca lo lograba. Quedé embelesada por un minuto, pero cuando la melodía empezó a ralentarse me di cuenta abruptamente de que era imposible que Santiago se hubiera levantado a mitad de la noche solo para hacer sonar su cajita. Le tenía miedo a la oscuridad, no podía ser él. Se me erizó el cuerpo de puro alerta y entonces lo volví a escuchar, se quejaba entre sueños. Atravesé el living apurada para llegar hasta su cuarto.

Me horrorizó lo que encontré, y al mismo tiempo lo esperaba: de espaldas a mí, parada junto a la cama, estaba esa mujer, con una mano extendida sobre la cabeza de mi hijo mientras con la otra levantaba despacio la sábana. Era siniestro. Me volví loca de furia y me abalancé sobre ella, ni lo dudé. Se dio vuelta sorprendida. Vi el odio en esos ojos de animal, y lo único que pensé fue que tenía que alejarla de mi hijo. Levanté la mano y con toda la fuerza que pude le di un golpe en la cara. Ella me agarró la muñeca y empezó a apretármela. Tuve miedo: era mucho más fuerte que yo. Retrocedí para tratar de hacer que saliera de la pieza. En dos pasos veloces, de felino, estuvo otra vez al lado mío y empezó a apretarme el cuello entre sus manos. Sentí que las uñas se me clavaban en la piel, y entendí que no le costaría nada abrirme la yugular y dejarme morir desangrada. Sentí odio, furia, todo a la vez. Le pegué una patada en las piernas con todas mis fuerzas, y entonces me liberó el cuello. Me quedé parada frente a ella, temblando. Sentí dolor en la mejilla y me pasé la mano; estaba sangrando. Me había rasguñado. Le vi el brillo en los ojos cuando se inflamaron ante la presencia de la sangre, pero permanecí inmóvil y la miré amenazante. Tenía tanta bronca que quise matarla y entonces, mientras jadeaba de ira y me daba cuenta de que no me daban las fuerzas para lastimarla de verdad, me habló por primera vez.

—Alma…

Era una voz grave, que surgía con dificultad, como si estuviera saliendo de un pozo muy profundo.

—No pensaba lastimarlo —agregó, y me miró casi suplicante.

Sorprendida, le vi en los ojos algo que antes no había visto: una tristeza infinita, como un lago. No había forma de atisbar más que la superficie. De todos modos, le dije casi con desgano, porque sentí que era mi deber, que si volvía a acercarse a mi hijo iba a tener que matarla, y que no me daría miedo. Se había sumergido en recuerdos, pero esto la sobresaltó. Levantó la cabeza y me miró extrañada.

Le pregunté impaciente si era ella la que me había golpeado ese día en la bóveda y qué buscaba en mi casa, pero no dijo nada. Se encerraba en su silencio. Probablemente yo hubiera hecho lo mismo.

Tenía el pelo oscuro y muy largo, desordenado, con pegotes de cosas que prefería no pensar qué serían. Había algo salvaje en ella, soberbio. Mientras le miraba la cara en la oscuridad, iluminada por el resplandor de la luna que entraba a través de la ventana, pensé en la noche en que me había apoyado todo el cuerpo encima y yo, debajo suyo, había temblado por la excitación de no saber exactamente lo que me haría.

El recuerdo me perturbó; casi me sentí en falta. También me acordé de lo triste que me había quedado después de su última visita. Pero sentí con agudeza que no sabía realmente quién era ella, ni qué era, y me asqueó la idea de que en cierta forma, inconcebible para mí, estuviera muerta, o hubiera estado muerta. No podía entender. Mi hijo estaba a unos metros de distancia y yo no sabía lo que estaba haciendo. Le pedí que se fuera. Se le ensombreció la cara, pero no dijo nada. Con un movimiento fugaz, subió la escalera que llevaba al cuarto de arriba. Cuando alcancé a subir yo también, solo me encontré con la ventana abierta.

28 de abril

Me despertó a la madrugada un mensaje de mi padre en el teléfono. Decía: "Tu madre se descompensó, vuelta a la clínica". Me senté en la cama, confundida, y tardé unos segundos en recordar qué día era, qué tenía que hacer, cómo organizarme para cambiar todos esos planes y estar disponible. Me vestí con lo primero que encontré a mano, desperté a Santiago, lo ayudé a ponerse la ropa. Nos tomamos un taxi, lo dejé en la casa del padre para que lo llevara al jardín y seguí rumbo a la clínica. Era el tema de la mala oxigenación, me dijo mi padre cuando llegué. Le sugerí que se fuera a la casa a descansar, que yo me quedaba, y prometió volver a la tarde para reemplazarme.

Mi madre dormía; cada vez pasaba menos tiempo activa. En las primeras internaciones solíamos asustarnos y pensar lo peor; ahora no pensábamos nada.

Antes del mediodía me llegó un mensaje de Julia; proponía vernos. Le dije que sí, porque ya le había dicho varias veces que no, y unas horas después, cuando mi padre llegó a la habitación, volví a San Telmo y me encontré con ella en el bar al que siempre íbamos —especialmente durante la época de mi separación— para hablar de nuestras cosas. Ella siempre había estado ahí, y por supuesto no se merecía mi indiferencia.

Me costó hablarle. Me encontré diciéndole las cosas de rigor, el parte de salud de mi madre, cómo lo tomaba Santiago. Cómo evolucionaba mi espalda. Me escuchó con atención y a su turno fue dando las respuestas previsibles.

Pero no era nada de eso lo que me pasaba, pensé mientras miraba por la ventana o revolvía una vez más el café para no encontrarme de frente con los ojos de ella.

Era el espanto, y cómo había empezado a vivir en un mundo más oscuro. Y cómo, quizás, me estaba acostumbrando. No dije nada sobre el cementerio, la bóveda, la visita de la noche anterior. Traté de hacerla hablar a ella para distraer la atención de mí misma, y la miré más que escucharla mientras me contaba los chismes de la empresa, que en otra época me hubieran divertido, o sobre sus últimas citas. Pensé que estaba interpretando mi papel a la perfección, pero se ve que no, porque en un momento Julia dejó su taza sobre la mesa con un gesto particularmente solemne, me miró y dijo:

—¿Sabés qué? Esto no funciona. No estás. Estás en otro lado.

Se hizo un silencio entre las dos. Por un segundo pensé en defenderme, pero no. Claro que la entendía; si no hubiera sido inteligente, no habríamos sido amigas durante tantos años. ¿Cómo pensaba que la podía engañar? Pero tampoco podía excusarme, como si estuviera en falta. No quería. Soporté su enojo, soporté que me acusara, que siguiera diciendo que había tratado de acompañarme en todo pero que yo no hacía más que alejarme y ella no podía más. No dije nada mientras guardaba sus cosas en la cartera, ni tampoco cuando dejó plata sobre la mesa y me miró una última vez para decirme: "Sos imposible".

Me angustió que me dejara de esa manera, no porque fuera a extrañarla, sino por lo que revelaba sobre mí. En el bar comenzaron a encender más luces; había empezado a hacer frío y al otro lado de la ventana pasaban personas que salían del trabajo o de recoger a sus hijos de la escuela, como en otro tiempo hacía yo.

A la noche estaba sola y de pronto me encontré recorriendo toda la casa. Buscaba un destello de la presencia de la criatura, una pista. Ya no tenía miedo, era otra cosa. Subí al escritorio que estaba al final de una pequeña escalera de mármol muy empinada. El viento hacía oscilar la ventana abierta; la cerré. En el pulmón de manzana que se veía desde mi departamento todo estaba quieto: una noche silenciosa como hacía tiempo no veía. Bajé la escalera y pasé por la galería para entrar al living, me senté en el sofá, prendí un cigarrillo. Llevaba meses sin fumar, no porque hubiera querido dejar sino porque me había enfermado de la garganta tan seguido que las semanas sin cigarrillos se habían prolongado casi sin que me diera cuenta. La primera pitada me dio asco, pero la aguanté. Enseguida se puso mejor, y me pude concentrar en las volutas del humo que me salía de la boca y se mezclaba en el aire.

No me engañaba la calma. Me estaba moviendo sobre un terreno pantanoso, y por primera vez no hacía esfuerzos desesperados por eso que llamaban sentirse bien, o por que las cosas volvieran a ser como antes. ¿Esto era madurar, o era todo lo contrario? Me acordé de esa tarde en el cementerio cuando, a punto de salir de la bóveda, algo me había agarrado desde atrás y me había llevado hasta el fondo. Todo se resumía en eso. El desconcierto, la vergüenza, todo lo que había pasado después… Ya no me sentía así. El tiempo se había interrumpido.

Apagué el cigarrillo con fuerza contra el cenicero, me levanté y fui hasta la pieza. No quedaba mucho por hacer. Me desvestí, apagué todas las luces y me tiré sobre la cama, pero antes destrabé la ventana de mi pieza y la entreabrí, solo unos centímetros. Después cerré los ojos y pensé cosas que nunca había pensado.

5 de mayo

Estaba a media cuadra de casa cuando vi las luces de una sirena y el tumulto. La ambulancia estaba estacionada en doble fila y alrededor, un grupo de personas miraba la escena. Reconocí a varios de mis vecinos, y me apuré para preguntar qué le había pasado al viejo que tenía un local al frente del edificio. La señora del 11 que se descompuso, dijo, pero no era cierto, porque justo sacaron el cuerpo en una camilla totalmente cubierto con una frazada.

Si ese hombre tenía razón, era Lucía. Pedí permiso para entrar, le expliqué a un policía que custodiaba la puerta del edificio que era la inquilina del departamento 10. Me dijeron que por el momento era imposible, que tenían que preservar la escena del crimen. La frase me paró el corazón; necesitaba preguntar qué había pasado pero no me salían las palabras porque, incluso antes de saber, me sentía culpable.

La ambulancia ya se había ido, dejando a la vista los dos patrulleros negros que habían estacionado detrás, y la gente seguía ocupando la vereda, conversaba en voz baja, tejía hipótesis después de compartir la poca información que entre todos tenían. La habían encontrado muerta. Tenía que ser un homicidio, porque estaba tirada en medio de un charco de sangre. Eso llegué a escuchar: charco de sangre. ¿Y si se había golpeado la cabeza, si se había caído? El cuero cabelludo sangra más que otras partes del cuerpo.

Lo sabía porque una vez lo vi, a mi madre tirada en el patio después de haberse caído de una escalera y el círculo de sangre rojo brillante que le crecía alrededor de la cabeza. Pero no dije nada. Parada en la vereda, mientras esperaba sin saber cuándo podría entrar a mi casa, me entregué a una paranoia descontrolada porque, después de todo, yo era la que estaba recibiendo las visitas de una criatura que bebía sangre y cómo no conectar los dos hechos, cómo no intentarlo. Miré alrededor y por un momento temí haberme vuelto transparente, que todos supieran.

Insistí con los dos policías que custodiaban la puerta, mientras miraban sus celulares y charlaban con los vecinos. No había manera; me dijeron que no me podían decir nada y que, ya que era la vecina más cercana de Lucía, era probable que me llevasen a la comisaría a declarar. La tensión me empezó a agitar el pecho. En cuanto pude, mientras todos seguían concentrados en un palabrerío que parecía no tener fin, me empecé a alejar. Una vez que atravesé esa especie de muralla que formaban los cuerpos de los que rodeaban la vereda, me sentí mejor. Empecé a caminar rápido. Hice dos cuadras y me metí en un bar, me arrinconé en una mesa que daba a una ventana y pedí un vaso de vino. Estaba aturdida. Cuando llegó el mozo con el vino me preguntó si me pasaba algo; me conocía, porque a veces iba a trabajar o me quedaba horas leyendo. Le comenté brevemente que habían encontrado muerta a una vecina, que estaban investigando, pero todavía no se sabía nada. Me hizo bien decirlo. Podía contarlo así, como si no tuviera nada que ver conmigo. Podía mentir. Me dijo algo sobre la inseguridad que ni me molesté en escuchar, y arriesgó que seguro la habían matado para robarle. Dije que sí, seguro. Entonces se alejó, imaginé, con el placer de tener un buen chisme para contar a sus compañeros de trabajo.

Había un punto en que todo era una historia, y era mejor así.

Mientras tomaba el vino pensé en Lucía. Era vieja, no le quedaba mucho tiempo de vida y ella, como todos los viejos, repetía que era mejor morirse. Me lo decía a mí, al hijo, a otros vecinos, a cualquiera que quisiese oírla. Pero ¿lo pensaría de verdad? ¿Lo *desearía*?

Afuera estaba empezando a oscurecer. Me acordé de repente de Santiago, que en una hora volvería a casa, y llamé al padre para decirle que no lo trajera porque no estaba segura de que pudiéramos entrar. Incluso era posible que yo tuviera que buscar un lugar donde pasar la noche; tal vez en la casa de mis padres. Después seguí tomando, y al rato ya no pensaba nada.

Era de noche. Salí del bar y fui caminando despacio a casa, con la esperanza de que ya se hubiera despejado la entrada del edificio. Y efectivamente, así era. Abrí la puerta de entrada, atravesé el pasillo larguísimo que llevaba hasta la escalera y, antes de subir, escuché voces, pero no pensaba irme. Subí las escaleras despacio. Como imaginaba, había policías en el segundo piso, algunos adentro del departamento de Lucía, que tenía la puerta abierta, y otros en el descanso que daba a nuestras dos puertas. Junto a la de Lucía, en el piso, habían cercado con cintas un espacio de menos de un metro alrededor de una mancha de sangre.

Los oficiales trataron de impedirme el paso pero les expliqué que la otra puerta era la de mi casa; ante esto, me pidieron permiso para entrar a revisar mi departamento. Iba a decirles que no hacía falta, que estaba cerrado con llave, pero como no entendía si era un requisito legal o simplemente un favor que me estaban pidiendo, decidí dejarlos entrar. Había un aire de confusión en toda la escena, los escuchaba hablar entre ellos con tanto profesionalismo como los vecinos más temprano en la vereda. Me quedé esperando en la puerta de mi departamento mientras ellos lo recorrían. Estaba todo en orden, me dijeron al cabo de un par de minutos; podía pasar. Después me pidieron que me presentara al día siguiente en la comisaría para dar cierta información sobre Lucía, sus horarios, rutinas. Les dije que iría, pero no era cierto.

Cerré con llave la puerta de mi departamento y me quedé unos segundos apoyada en la pared; había sido un día largo. Era evidente que ella me estaba esperando porque se apareció frente a mí, con la cara manchada de sangre, y me hizo señas de que no hablara. Tenía puesto un saco largo y oscuro en el que las manchas de sangre no se veían con tanta facilidad. Alrededor de la boca tenía un lamparón seco, de un rojo sucio, que le bajaba en hilos hasta la barbilla y por el cuello. Me pareció un espectáculo triste, miserable. Ninguna de las dos habló. Quería gritarle, exigirle que me dijera por qué lo había hecho, pero en cambio le indiqué que me siguiera y la llevé hasta el baño, prendí la luz y le pedí que se lavara. No la miré mientras lo hacía; necesitaba pensar en ella como una criatura magnífica. Sentía algo parecido a la decepción, y al mismo tiempo me daba cuenta de que era profundamente injusto. Claro que era una asesina, ¿qué había pensado yo? ¿Que los crímenes de los que había leído en las noticias eran solo historias?

Me quedé en el living esperando a que terminara de lavarse. Cuando volvió del baño, era un desastre. Tenía líneas rojas en el cuello y el borde de la camisa blanca que se había puesto quién sabe para qué, como una nena que se hubiera vestido para una ocasión especial y, sin querer, se hubiera manchado la ropa. Se lo dije. Después agregué:

—No entiendo por qué tenías que atacar a Lucía.

Levantó la cabeza y me miró como si me atravesara. Entendí lo ridículo de mi reclamo.

—Te van a descubrir —le dije de repente, en un impulso—. Estás dejando huellas por toda la ciudad.

—No la mordí —me interrumpió, mientras me mostraba una mano—. La degollé con esta uña.

Era increíble que pensara que eso hacía una enorme diferencia; yo no sabía ni cómo hablarle. Le pregunté si tenía mucha hambre y me dijo que sí, pero que no era solo eso. Llevaba encima un siglo de encierro, de estar a solas con sus pensamientos, y ahora volvía a sentir el calor de los cuerpos, el olor humano.

Sin que necesitara preguntarle, con frases que parecía arrancarse de adentro del cuerpo para presentármelas como una ofrenda, me contó su historia. Eran siglos de cacería y espanto. Después, de fuga. Y finalmente el encierro, que había sucedido aproximadamente por la misma fecha en que alguien había comprado la bóveda donde ella se escondía, solo para legar a otros las llaves y pedirles que nunca la abrieran.

Cuando le conté sobre las llaves, y cómo me habían llegado, lo comprendió al instante y en sus labios se formó un nombre: Mario. Sentí que se trataba de alguien que quizás había querido. Le dije que también tenía su foto, y entonces me miró con incredulidad y me pidió que se la trajera. Lo hice. La miró con furia y cayó de rodillas, como si fuera la protagonista de una ópera.

—Entonces no lo hizo... —dijo a media voz.

Y después sucedió algo increíble, que me descolocó: ella se largó a llorar. Lloraba con espasmos violentos y se tapaba la cara con las manos para que no pudiera verla.

Cuando pudo hablar, me dijo que quería quemar la foto. No me importaba: era suya, después de todo, y evidentemente había una historia detrás de esa imagen que en algún momento me iba a contar. La llevé hasta la galería y le ofrecí un encendedor; me miró desconcertada. Lo agarré y le di fuego, lo puse bajo la foto mientras la sostenía de una punta y enseguida vimos cómo las llamas se tragaban su figura, se extendían por el papel hasta convertirlo en un colgajo negro que cayó sobre el piso y, cuando terminó eso que había parecido una pequeña ceremonia, se llevó las manos al pecho y se alejó hasta el living, dándome la espalda.

Se había retirado a un lugar muy lejano, en el espacio o en el tiempo.

Esperé unos minutos, y entonces le pregunté si me podía acercar. Le toqué el pelo, que le llegaba a la cintura. Era un asco. Fui a buscar una tijera y se la mostré, le dije que iba a cortárselo, que si quería deambular por Buenos Aires por lo menos tenía que verse más normal. Se dejó hacer. Agachó levemente la cabeza, cerró los ojos. Despacio, y sin peinarla, porque era imposible, le corté los mechones a la altura de la nuca hasta que pareció una persona, o algo similar. Finalmente le dije que abriera los ojos y que buscaría un espejo para mostrarle, pero negó enfáticamente y me dijo que por favor no, que no era necesario. Me pareció que estaba avergonzada.

La docilidad que mostraba era algo inesperado, y me atreví a más. Sin preguntarle, pero con mucha lentitud, empecé a desvestirla. Le saqué el tapado hediondo que llevaba, los pantalones y zapatos pasados de moda que vaya a saber de dónde había sacado y los llevé a la cocina para tirarlos a la basura, junto con el pelo que había quedado desparramado en el piso. Solo quedaba una camisa blanca, demasiado grande para ella. Abrí los botones uno por uno, sin mirarla. Era muy joven, a su manera, o su cuerpo era muy joven. Le pedí permiso antes de retirar la camisa y tuve cuidado de no tocar sus pechos cuando estuvo desnuda, pero cerré los ojos un segundo para guardarme esa imagen. Le pedí que me acompañara al baño y abrí la canilla de la bañadera, le mostré el jabón, las toallas, le expliqué cómo usar el shampoo y le pedí que se bañara, con instrucciones específicas de que se lavara dos veces el pelo.

Me sentí nerviosa mientras ella estuvo en el baño; algo me perturbaba. Cerré los ojos y la vi sentada en la bañera con la piel húmeda, las gotas que corrían sobre los hombros. El cuerpo se me aflojó. Había una sensación difusa que trataba de tomar forma pero no lo lograba, ondulaba como una llama. Pero sí, de pronto lo entendía: el mundo se había encendido, solo porque ella estaba ahí. Mi casa estaba transformada, e incluso si nunca la volvía a tocar, la presencia de ella en la intimidad de mi baño, como un secreto que me pertenecía solo a mí, era poderosa, me envolvía.

Cuando salió del baño parecía otra. Le ofrecí unos pantalones, una remera, un par de zapatos míos. Le quedaban bien. Le alcancé un cepillo, pero era inútil: el pelo estaba seco, imposible de ordenar, así que en cambio se lo sacudí con las dos manos para que flotara libre. Finalmente le puse mis anteojos de sol para que se cubriera esa mirada inhumana que tenía. Agarré una campera, llaves, algo de plata, y le dije:

—Vamos.

La policía ya no estaba. Quedaban junto a la escalera las bandas de "no pasar", como una advertencia inútil.

Salimos del edificio y bajamos por Carlos Calvo, que estaba desierta. Después doblamos en dirección al centro; de vez en cuando ella se paraba frente a alguna casa y se quedaba mirando la fachada. No decía nada. Yo la miraba a cierta distancia y me preguntaba por qué no me había matado esa primera noche, como a otros. Pero si no lo había hecho, ya no había razones para temer. Eso no me preocupaba. Sí me parecía posible que de un momento a otro cayera la policía y se la llevara presa; me preguntaba cómo reaccionaría. La imaginaba resistiéndose como una fiera. Quizás mataría a alguno de los policías mientras trataban de capturarla. O a todos. Podía pasar cualquier cosa, era raro pensarlo. Pero esas disquisiciones ya no me detenían.

Me había perdido en mis pensamientos, pero los bocinazos me devolvieron a la realidad: estaba cruzando con el semáforo en rojo. Los conductores la esquivaban y bajaban la ventanilla para gritarle. Le expliqué cómo funcionaban las luces, y me di cuenta de que tendría que explicarle todo: el tránsito, los autos, la ciudad como era ahora. Lo hice, mientras seguíamos por Bolívar hasta Plaza de Mayo. Me dio la sensación de que ella conocía la zona porque caminaba con paso seguro y a mí, que recién ahora me recuperaba de la dificultad para caminar después de mi operación, me costaba seguirla. Pero era la primera vez en mucho tiempo que habitaba mi cuerpo, después de meses de ajenidad.

Era una noche de otoño bastante fría; el aire estaba limpio. La ciudad se abría frente a nosotras en su indiferencia, como una pista iluminada por reflectores y carteles publicitarios, con una antigüedad que resistía en su belleza.

Cuando llegamos a la plaza la vi inquietarse y por un segundo temí que quisiera volver al cementerio, pero no. Dijo que quería ver el río y empezó a atravesarla muy rápido, aunque le dije que ese no era el camino. No me prestó atención. Rodeamos la Casa Rosada y se quedó paralizada cuando llegamos a la parte de atrás. Los autos y los colectivos pasaban a toda velocidad por los varios carriles, en una y otra dirección, y más allá se veían los edificios de Puerto Madero, los rascacielos. Me miró desconcertada y me preguntó dónde estaba el agua. Le expliqué que la costa se había rellenado hacía un siglo para ganarle terreno al río; era necesario ir más lejos, pasando Puerto Madero, y hasta un parque que en este momento estaba cerrado. Sentía, a pesar de que no nos tocábamos, la furia creciéndole en el cuerpo y el peligro de andar con una criatura impredecible, pero la forma en que se había dejado conducir unas horas antes en mi casa me daba la idea de que yo misma, por lo menos, estaba a salvo.

Le pedí que me siguiera y la llevé por Avenida de Mayo hasta 9 de Julio, donde podríamos tomar un colectivo que nos dejara en la costanera. Caminábamos bajo un cielo sin estrellas; por encima de nosotras el espectro gaseoso de los reflectores, que caía sobre las hojas marchitas de los árboles, era el único lujo a la vista, un polvo dorado disuelto en el aire. La ciudad estaba envuelta en una bruma que era toda de luz, y nosotras estábamos envueltas en una materia distinta que para mí era nueva y palpable, creada por la presencia de ella.

El colectivo corrió por 9 de Julio con las ventanillas abiertas. El viento frío nos volaba el pelo y traía cierta calma.

A mi lado, ella miraba todo, oculta detrás de sus anteojos negros, y no decía nada, quizás demasiado perturbada como para hablar. Me pregunté qué pensaría, cómo sería llegar desde lo profundo del pasado a un lugar que era el mismo y no, y sin dudas a un mundo que era ajeno. A nuestro alrededor, los autos dejaban sus estelas de luces y continuaban su camino como si todo fuese una coreografía a la que podíamos acoplarnos: solo bastaba con moverse.

Nos bajamos en la Costanera Norte, con parches de oscuridad entre un baño de luces naranjas. A pesar del clima, algunos pescadores dispersos esperaban inmóviles junto a sus cañas, como estatuas. Ella apoyó las manos en la baranda y miró el río, el agua silenciosa, casi irreal, que se perdía en lo negro del horizonte; por fin lo había encontrado, pero adiviné que estaba decepcionada. Le expliqué que era todo lo que quedaba, una masa de agua inalcanzable, que ya no pertenecía a la ciudad. Me contó con amargura que bajar hasta el río había sido su paseo favorito en otro tiempo, y que le infundía algo parecido a la esperanza, no dijo de qué. Pero lo entendí: quizás era la mínima promesa de saber que había otra cosa, en algún lado.

Y ahora no quedaba ni siquiera eso.

Nos subimos de nuevo al movimiento de la ciudad, esta vez en un taxi que nos llevó de regreso al centro. El auto corría por los carriles al ritmo de las luces, verdes y rojas, en sincronía con cientos de otros autos. Fuimos tajantes; el conductor se dio cuenta enseguida de que no íbamos a hablarle y se calló la boca. Cuando lo descubrí espiándonos a través del espejo retrovisor lo miré con hostilidad, convencida de que en el fondo era por su bien. Mientras tanto ella, con la cara vuelta hacia la ventanilla, descubría parques y jardines franceses, avenidas y rotondas, monumentos que evocaban un tiempo ahora mítico que había presenciado. Le miré el perfil, la línea del pómulo que le atravesaba la mejilla, los labios carnosos, y me pregunté qué sería de ella en la ciudad, aunque quizás debía preguntarme qué sería de mí. No demostró sorpresa por los autos y colectivos, nada de eso le importaba. Sí se cubrió los ojos cuando pasamos por el Obelisco y las luces de los carteles publicitarios se nos arrojaron encima como una lluvia de flechas.

Empezamos a caminar. De pronto tuve las manos vacías a los costados del cuerpo y en una esquina, cuando estábamos por cruzar la calle, le toqué la espalda. Algo vibraba en el aire, y creía que no era solo para mí. La llevé a propósito por las calles oscuras del microcentro, entre negocios cerrados y persianas de metal escritas con aerosol, pedazos de afiches arrancados. En una particularmente desierta, cuando vi que estábamos solas, paré y me apoyé contra una pared. Se dio vuelta cuando percibió que ya no la seguía. No me moví; ella tenía que venir. Cuando se acercó me abrí la campera de jean para descubrirme el cuello, y eché la cabeza levemente hacia atrás. Era un ofrecimiento inconfundible, lo sabía y quería que ella lo aceptara. Se sacó los lentes para mirarme a los ojos y me preguntó si estaba segura. Dije que sí, en un susurro, y a pesar de que me tenía a su disposición se demoró unos segundos mientras acercaba la nariz para aspirar profundamente junto a mi cuello, a mi cuerpo excitado. Sentí la mordida, pero más sentí el contacto y la humedad de sus labios, de la lengua cuando la deslizó por mi cuello para tomar un poco más. También sentí con detalle la reacción del cuerpo de ella, el éxtasis que la invadía y que la hizo recorrerme con las manos mientras se alimentaba. Se separó solo unos centímetros, casi luchando contra su propia voluntad, y entre las sombras de la calle le vi la boca mojada por mi sangre, los dientes rojos, la sonrisa del goce. Nos miramos como si estuviéramos ante un abismo. Y entonces, con una lentitud que parecía anular el tiempo, se acercó para besarme, me metió la lengua en la boca y compartí con ella el gusto de la sangre. Abrí más los labios, la dejé entrar.

Todavía tenía los ojos cerrados cuando dejamos de besarnos.

—Alma —me llamó—. Quiero decirte mi nombre, para que puedas convocarme a tu voluntad.

Después de estas palabras que no entendí del todo, me rodeó la cabeza con una mano y acercó la boca a mi oído. Creo que dejé de respirar, y cuando volví a abrir los ojos no supe si ella había pronunciado algo o ese nombre, en un idioma que desconocía, había sonado por sí mismo y para nadie en lo negro del universo.

Hubo un antes y un después; habíamos cruzado un umbral, o yo lo había cruzado para ir hacia ella.

Cuando separé la espalda de la pared me tambaleé, como borracha. Ella me tomó la mano y empezamos a caminar de vuelta hacia mi casa; nuestras sombras nos precedían. No hablábamos; mirábamos las calles y los edificios, como si nunca hubiéramos estado ahí, y nos comunicábamos solo a través de las manos. De vez en cuando ella me apretaba los dedos y en ese atisbo de fuerza yo sentía la promesa de algo más intenso que nos esperaba al final de la noche.

Pronto estuvimos en San Telmo otra vez, con sus veredas estrechas y el olor a basura. Al llegar a México me perturbaron, como siempre, el pozo de oscuridad profunda y los conventillos semidestruidos que, sabía, eran casas tomadas.

Unos años atrás me habían robado la cartera unos chicos que habían corrido a refugiarse en uno de esos edificios y la policía, sin orden de allanamiento y porque ya los conocía, se había metido atrás de ellos para recuperarla. Desde la vereda había visto la escalera con varios peldaños derrumbados, la puerta despintada y, más allá, un patio de ladrillos descarnados donde jugaban varios niños. Después de eso había tratado de evitar la calle México, pero a mi amiga por supuesto no le importaba nada de esto.

En toda la cuadra, apenas un farol que estaba en la otra punta creaba un foco de luz débil y nos dejaba a oscuras.

Estábamos cerca de la esquina cuando un silbido nos llegó desde atrás. Me di vuelta para mirar, con el cuerpo en estado de alerta. Era un tipo, que caminaba errático y balbuceó con palabras arrastradas algo incomprensible de lo que solo llegué a captar "las chicas". Le apreté la mano a ella y empecé a caminar más rápido. No me preocupaba un borracho que gritaba incoherencias, era parte del paisaje habitual; pero a los pocos metros percibí que nos estaba siguiendo cada vez más de cerca. Volví a girar y le grité que se alejara o llamaríamos a la policía. Fue un error: enseguida se envalentonó, se acercó corriendo y estiró la mano para tocarme. No llegó a hacerlo porque mi amiga se le tiró encima, tan rápido que no pude reaccionar. Lo agarró del pelo y le cruzó el cuello con una garra. Lo vi desplomarse sobre la vereda al instante, boca abajo. Vi que en la cabeza, doblada de una manera extraña; los ojos seguían abiertos. Enseguida la sangre empezó a chorrear sobre las baldosas mientras las dos, de pie junto al cuerpo. Lo mirábamos en silencio.

Tardé unos segundos en comprender que ella acababa de asesinar a ese tipo, pero no tuve tiempo para reaccionar porque se agachó junto al cuerpo y, después de vacilar un instante, se tiró al suelo y bebió la sangre caliente. Por un momento levantó la vista y me miró, creí, con un destello de furia. No lo pude soportar; me di vuelta y empecé a correr, con dificultad, como podía. No me hubiera sorprendido ver el reflejo azul de la luz de un patrullero a la vuelta de la esquina. No miré, pero escuché que ella estaba corriendo detrás mío. Cuando me alcanzó me agarró el brazo y me hizo parar; trató de que la mirara a los ojos, pero le grité que estaba loca, que la ciudad estaba llena de cámaras de vigilancia, que la iban a descubrir y yo tenía un hijo, no podía ser cómplice de un asesinato. Ella tenía la cara y las manos llenas de sangre, la de ese tipo que había quedado tirado ahí, con la mirada perdida. Me acordé de las manos sucias, la remera levantada que le dejaba al descubierto la espalda, cada detalle que se me había metido en los ojos antes de empezar a correr. Le hice sacar la campera y la usé para limpiarla. Después la envolví en un bollo y, cuando trató de tirarla en un basurero, se lo impedí. Teníamos que llevarla a mi casa, prenderla fuego, no podíamos dejar mi ropa con la sangre de ese hombre tirada en cualquier lado.

De pronto me descubrí pensando en el modo de destruir la evidencia de un crimen y no supe en qué carajo me estaba convirtiendo. Le dije que tomara otro camino y me esperara en la puerta de mi casa. No quería que me vieran con ella. Subí por mi calle mirando de vez en cuando alrededor, totalmente paranoica.

Cuando llegué al edificio entramos en silencio y sin mirarnos. Cerré la puerta del departamento a mis espaldas, como si pudiera dejar afuera todo lo que había pasado y, mientras ella se sentaba expectante frente a mí, prendí un cigarrillo y traté de pensar, con la cabeza hundida entre las manos. Ella estaba a salvo porque no existía, pero yo simplemente era una loca de mierda por andar así, a cualquier hora de la noche, con esa… no sabía ni cómo llamarla. Había dejado de trabajar, me estaba distrayendo de mi hijo, estaba desvariando.

Ella debía imaginarse algo de todo esto que me pasaba por la cabeza, porque rompió el silencio para decirme con voz triste:

—¿Por qué me despertaste?

—¡Porque no sabía lo que estaba haciendo, te lo juro! —grité—. Si no, no lo hubiera hecho jamás.

La noche se había derrumbando sobre nosotras. Me sentía agotada. Sentía que la mente me ardía. Lo único que estaba claro era que tenía que sacarla de mi vida, pero no me imaginaba cómo. Quizás bastaba con pedírselo. Levanté la cabeza para mirarla, como esperando en vano que ella me ayudara a decidirlo. En cambio, dijo palabras que me dolieron.

—Escuché los latidos de tu corazón antes de que pudiera verte. Y cuando salí del ataúd tu olor flotaba en el aire. Estabas tan cerca… Sentí que podía saltar afuera del cajón y devorarte, pero estaba encerrada. Cuando te fuiste rogué que volvieras para liberarme. No era la primera vez en un siglo que me despertaba, pero era la primera vez que quería salir.

No tuve nada que decir a todo eso. Era pura belleza y sordidez, como todo lo que tenía que ver con ella. Pero yo no podía engañarme y negar cómo la había deseado, o el esfuerzo que tenía que hacer en ese mismo instante para no mirarla. Sin darme cuenta pronuncié su nombre, tan bajo que no me escuchó.

—Quiero que vengas conmigo —dijo muy despacio, con seguridad. Parecía una orden, pero era un pedido.

No quise preguntar. Me estaba proponiendo que dejara mi vida y me entregara, ¿a qué? ¿A ser como ella? ¿Eso sería real?

Me llevé el cigarrillo a la boca y le di una pitada lo más fuerte que pude para que ella no viera que temblaba.

—¿Y qué haríamos ahí? —le dije irónica, casi riéndome—. ¿En una tumba?

—No lo sé —contestó—. Pero te pido que vengas conmigo.

Me molestó que se atreviera a tanto, como si no me dejara moverme. Por un segundo me permití odiarla y después dije:

—Necesito que me acompañes a hacer una cosa. Siento que con vos voy a poder.

7 de mayo

Estaba acostada en la penumbra, al principio costaba verla. Lo primero que se escuchaba era la respiración ronca, pero un ronquido que carecía de tono. Como si fuera producido por el atascamiento en un tubo en lugar de una voz humana, y así era. La luz blanca que venía del pasillo le iluminaba la mitad del cuerpo, y así fue surgiendo su imagen de la oscuridad. Casi sentada en la cama, tenía la piel reluciente, como de cera, como la piel de alguien que hace mucho tiempo no ve la luz del sol. El pelo estaba corto y canoso, descuidado. Una variedad de almohadones habían sido colocados alrededor del cuello y los hombros para sostener la cabeza en su lugar; en la parte baja del cuello, en el lugar exacto en el que las clavículas se interrumpen para dejar un hueco, le asomaba apenas del interior del cuerpo un tubo de plástico de un centímetro de diámetro, sujetado al cuello por una banda. De ahí provenía el sonido.

Las manos estaban dispuestas a los costados del cuerpo, también sobre almohadones, los dedos hinchados y curvados hacia adentro, sin que ella pudiera impedirlo. Las piernas derechas terminaban en punta; los pies, tensos hacia adelante como los de una bailarina, en una flexión imposible. Otros tubos entraban al cuerpo a través del estómago, del brazo. Más que acostada estaba colocada, con la mayor comodidad posible, y aun así, la cabeza caía levemente hacia un costado y le tensaba la cara en un gesto de molestia. El sueño parecía una concesión tardía, un sucumbir al cansancio del cuerpo invadido y manipulado sin cesar aunque el descanso verdadero, ese tipo de sueño natural y relajado, ya no era posible.

A su alrededor, una multitud de objetos y aparatos estaban puestos al alcance de las enfermeras que constantemente la atendían. Gasas, algodón, jeringas, pastillas, un mortero para moler esas pastillas y suministrarlas por vía intravenosa, botellas de agua, tubos de distintos tamaños, sondas sin estrenar en sus bolsas de plástico, bajalenguas, guantes de látex. Pero también un cepillo de pelo, crema para las manos, perfume, remeras limpias. El control remoto del televisor, el del aire acondicionado.

Rodeé la cama y me paré al lado de mi madre. Le toqué la mano. Ella abrió los ojos lentamente en la oscuridad y supo que era yo. Me miró primero con expresión perdida, pero enseguida hizo algo con los ojos que, estaba segura, era el equivalente de una sonrisa.

—Vine con una amiga, no la conocés —le dije—. Te vamos a ayudar. Acordate de lo que hablamos.

Entonces ella dio un paso adelante. No sé lo que vio mi madre, ni qué pensaba en ese abismo de su propio cuerpo en el que estaba hundida, pero abrió los ojos más grandes. No entendí si era temor. En todo caso, cuando volví a mirarla me dedicó esa bajada de párpados que usaba para asentir, así que saqué del bolso que habíamos traído las cajas de pastillas, se las mostré y las empecé a sacar de los blísteres sobre la mesa que estaba al lado de la cama.

Las había de distintos tamaños y colores; las más grandes eran blancas y unas más pequeñas y rosadas eran las que, combinadas con las primeras, harían que esta vez el resultado fuera seguro. Cuando me pareció que ya era suficiente puse las manos en cuenco, junté todas las pastillas y las eché adentro del mortero con cuidado. Empecé a triturarlas. Por último agarré una jeringa enorme, sin aguja, que estaba en la mesa de luz, y me puse a buscar por toda la habitación.

—¿No sabés si hay una cucharita? —le dije a mi madre.

Ella asintió y señaló en una dirección con la mirada. Abrí el cajón de la mesa de luz: ahí estaba. La usé para pasar el polvo de pastillas a la jeringa; traté de no volcar y, por último, mezclé todo con agua de una botella que estaba en la misma mesa.

—Es esto, ya está. Tenés que pasarlo por acá —le dije a mi amiga, y le entregué la jeringa mientras le explicaba cómo usarla.

Le señalé una sonda que terminaba en una aguja clavada en el brazo. A cierta altura tenía una tapita a rosca; la saqué. Ella metió la punta de la jeringa en la sonda y nos miró a las dos. Mi madre asintió. Yo estaba inmóvil, asombrada por lo que estábamos haciendo, por lo natural que se sentía y la simpleza con que llegaba el momento de despedir a mi mamá. De pronto reaccioné y la besé en la frente. Me demoré unos segundos en ese contacto, al que correspondió con una caída lenta de los párpados.

Entonces la dejé hacer. Apretó el émbolo hasta el final. Todo el contenido de la jeringa pasó de a poco a la sonda y entró al cuerpo con la misma facilidad que cualquier remedio. No se escuchaba un solo ruido aparte de la respiración mecánica y pesada de mi madre enferma, y de pronto mi llanto.

—Las dejo solas —dijo mi amiga en un susurro grave.

—Sí, pero necesito que te quedes a vigilar el pasillo. Que no se acerque nadie. Vos sabés qué hacer.

Empezó a caminar en dirección a la puerta. Antes de salir se dio vuelta y nos miró mientras yo me sentaba como podía en un costado de la cama, que era bastante estrecha, y rodeaba a mi mamá con un brazo. Le apoyé la mejilla en la cabeza y nos quedamos así.

Después me contaría que el pasillo del segundo piso estaba vacío, fantasmal. Todas las habitaciones alrededor estaban desocupadas y las camas tendidas, con una manta doblada encima, daban la impresión de que alguien acababa de morir en cada una de ellas. Probablemente no era cierto; muchas personas se internaban y se daban de alta todos los días. Pero qué eran los hospitales más que, en última instancia, lugares donde ir a morir.

Se metió en una habitación vacía y caminó despacio hasta la ventana, que estaba abierta. El viento movía apenas la cortina de color naranja. Abajo la calle estaba desierta. Allá arriba se veían las tres o cuatro estrellas pobres que ahora poblaban el cielo. En la habitación de al lado alguien estaba muriendo y era la primera vez en siglos que eso le importaba. No le latía el corazón pero había algo, adentro del pecho, que tendía hacia nosotras dos. Ella también había tenido una madre.

8 de mayo

La caravana de autos partió desde la funeraria después del mediodía.

El velorio había durado pocas horas durante las cuales, a pesar de la presencia del cuerpo de mi madre en un cajón, metido en una funda blanca, la llegada de conocidos y desconocidos para dar el pésame y acompañar a la familia me había distraído de la gravedad de lo que estaba pasando. Había algo de cumplir con un papel, de pronunciar líneas que ya estaban escritas hacía tiempo. La realidad se había vuelto una capa delgada y flotante, compuesta estrictamente de banalidades: las bandejas con café y medialunas; sillones tapizados en cuero, arreglos florales, chicos corriendo de acá para allá; Santiago, que estaba fascinado con el cuarto escondido a un costado de la sala velatoria donde se ubicaba una heladera llena de botellas de gaseosas, y que me interrumpía a cada rato para pedirme algo para tomar.

Había llorado, sí, en una descarga fuerte y ruidosa ante la primera visión del cadáver, que ya no era mi propia madre tal como la había visto en su lecho de muerte sino este cuerpo metido en un cajón, cada vez menos parecido a ella. Su enfermedad había sido turbulenta y cruel; estaba herida de una manera muy profunda. Pero había pensado que todos esos meses me habían preparado para la muerte, y no. No había una progresión suave al cabo de la cual esto pareciera natural. A pesar de todo, la diferencia entre la vida y la muerte era un abismo. Y el cadáver de mi madre me reclamaba de una manera nueva, no sabía qué hacer frente a él. Si amarlo. Lo besé, pero en cierto modo no era ella. Le busqué las manos entre medio de los pliegues de la tela, y me explicaron que no se podía. Enfundada así, reducida a un estado larval, la iban a poner en la tierra y yo tenía una ventana de solo unas horas para desprenderme de ese cuerpo y aceptar que ya no era mi madre. Lo era, la reconocía, y también era el monstruo que todo cadáver es.

Durante ese día y el que le siguió, dolorosamente, mi madre se desdobló en el cuerpo que quedó bajo tierra como un descarte, valioso, sí, pero apenas un resto, y el fantasma. Para no dejar solo a mi padre, esa noche dormí en el que había sido su cuarto y sentí que su presencia lo llenaba; apenas pude pegar un ojo. Trataba de convencerme de que si de verdad se convertía en un fantasma y venía a visitarme, tenía que ser uno bueno, porque entre nosotras no había nada por reclamar. Estábamos en paz. Pero después entendí que el fantasma al que yo temía era el cadáver, su visión imposible de amortiguar, la posesión que había hecho del cuerpo de mi madre, demoníaca. Y para siempre.

Apenas pude pensar algo de todo esto en el velorio, en medio de las conversaciones y de la obligación de responder a otros, de ser un actor en un evento civilizado. Qué me importaba todo eso, por dios. Qué lugar me quedaba. Y de repente, después de varias horas de charla que ya se volvían agotadoras, los empleados de la funeraria entraron en la sala como dos heraldos cargados de solemnidad, se acercaron al cajón y lo cerraron. Todo el mundo se puso de pie y se quedó en silencio, como ante la bandera de ceremonias en un acto escolar, pero con una gravedad marcial. Miré alrededor, desesperada. Esto era lo definitivo: no ver a mi madre nunca más. Y al mismo tiempo, era hermoso. Por fin un verdadero ritual.

Empujado por los dos hombres vestidos de traje, el cajón abandonó la sala, y los familiares salimos detrás. Protegida detrás de mis anteojos negros, lloré todo el camino desde la sala velatoria hasta el cementerio, lo vi todo extrañamente real y nublado a la vez, tras un velo de lágrimas. Desde el asiento de atrás de uno de esos autos grises, con Santiago agarrado de la mano, miré el auto que adelante nuestro llevaba el cajón de mi madre. Miré las calles de la ciudad, la cotidianeidad perforada por esa caravana en la que íbamos, el cielo limpio, los árboles que entraban en el letargo del invierno, la ruta que salía de la ciudad y pronto nos dejaba frente al jardín más hermoso. Un retazo de otra cultura incrustado en esta tierra de nichos y mármoles y vasijas con flores de plástico.

Los autos pasaron, uno por uno, bajo un arco de ladrillo rematado por pequeñas torres, para ingresar a un camino de tierra y pedregullo que bordeaba un edificio con techo de tejas grises y partía al cementerio en dos. A los costados del camino había matas de rosas y camelias, laurentinos y retamas, y sobre las superficies de césped cortado al ras crecían, acá y allá, distintas clases de pinos, robles, paraísos. De pronto, los autos estacionaron a un costado del camino. Del que encabezaba la procesión bajaron el ataúd de mi madre, y mi papá, junto con algunos amigos de la familia, se acercó para llevarlo. Yo también me acerqué, y los varones

hicieron un segundo de silencio asombrado cuando dije que
quería ayudar a cargarlo. Tomé una de las manijas del cajón
y miré hacia adelante; empezamos a andar. Caminábamos
sobre tumbas.

El cementerio era un campo sembrado de cadáveres, tal
como el mundo, aunque raramente lo veíamos. Unas placas
de granito muy sencillas, inscriptas con los nombres de los
difuntos y la fecha de la muerte, señalaban el lugar de cada
sepultura. Hicimos unos metros hasta la parcela en la que
habían cavado un foso para colocar el cuerpo de mi madre.
Pero la tierra no se veía. Una alfombra de color verde que
imitaba al césped estaba colocada alrededor y cubriendo
las paredes de ese agujero, al que bajaron el ataúd luego de
apoyarlo en un soporte que descendía a medida que accio-
naban una manija.

Nos trataban como a niños. Era necesario preservar los
ojos de todo signo de destrucción, al punto de que no com-
prendían exactamente lo que estaba pasando. Aquello no era
un entierro. Apenas un suave depositar el cajón con asepsia
total, como si el más hermoso jardín lo recibiera en su seno.
Ninguna violencia. Y por lo tanto, ningún sentimiento. Nada.

Al final pusimos claveles rojos sobre la tapa del ataúd, que
a su vez fue cubierto con una gran tabla. Todos los que habían asistido al sepelio, que eran solo los familiares y amigos
más cercanos, permanecieron unos minutos alrededor de la
tumba, y después empezaron a retirarse. Miré alrededor en
busca de Santiago. Se había alejado unos cuantos metros, a
otra parte del cementerio que estaba separada por una fila
de árboles, y corría sobre las tumbas.

Eran las dos de la tarde y, en un cielo sin nubes, el sol
daba pleno sobre el pasto, sobre las flores rojas y rosadas, que

brillaban. Empecé a caminar hacia mi hijo para pedirle que no corriera y sobre todo que no gritara porque, si bien el cementerio estaba casi vacío, había unas pocas personas, arrodilladas o de pie, frente a las tumbas de sus seres queridos.

Santiago se dio vuelta, vio que me acercaba y empezó a correr en dirección contraria. Estaba despeinado, con la piel encendida por la agitación, y tenía las rodillas manchadas con barro. Pensaba que estábamos jugando. Le hice señas con una mano para que viniera pero él a su vez me señaló hacia el otro lado, donde había una glorieta cubierta de enredaderas que seguramente quería visitar. Le volví a indicar que no, que volviera, pero no me hizo caso. Me detuve un momento y lo miré. Saltaba sobre el césped, casi bailaba, con los brazos en alto, envuelto en el aire. Se veía tan ligero, lleno de energía. Estaba en un lugar hermoso y estaba feliz; no pensaba en nada. Jugaba sobre la tierra, sin entender lo que había debajo. Ya no me pertenecía, y no faltaban muchos años para que llegara el momento en que me dijera "Qué tengo que ver contigo, mujer". Desde que había puesto los pies en el suelo para dar sus primeros pasos, no hacía otra cosa que alejarse.

De pronto, me dio la espalda y empezó a correr. En cuestión de segundos, se metió adentro de la glorieta y lo perdí de vista. Me puse a seguirlo, cada vez más rápido, y lo encontré fascinado adentro de ese refugio por el que bajaban las enredaderas. A la sombra del interior, sentados sobre un banco, le conté algunos de mis secretos. No me entendió, pero estaba segura de que iba a acordarse. Y le prometí que volveríamos a vernos.

En otro cementerio, más allá de los árboles y las calles y los muros, estaba ella. Le había pedido que volviera a su tumba y me esperara. Le dije que iría pronto, cuando estuviera lista, y que esta vez me quedaría.

Fue lo que hice unas semanas después.

No sabía qué esperar; ni el gusto de la sangre, ni la agonía en ese hueco oscuro, cubierto de terciopelo, a la luz de las velas, ni las noches de confusión, experimentando por primera vez, en la boca y el estómago, la sed, ni las incursiones con ella en la luz, ni los años que vendrían. Pero no pensaba en nada esa mañana como cualquier otra en que fui al cementerio. Cerré la puerta de su bóveda a mis espaldas y empecé a bajar los escalones.